（……イフリータ！）
アルマは自分と契約している
中位精霊の名を、心の中で叫ぶ。
と、巨大な獅子の幻獣が姿を現した。
JN035005

精霊幻想記
【せいれいげんそうき】

「私がハルトさんと一緒にいたいって言ったんです！だから、ハルトさんは悪くない！」
「……そうね。だから、私達は撥ねのけないといけない。ハルトに守られてばかりで、お荷物なんかになりたくないから……！」

精霊幻想記

19. 風の太刀

北山結莉

HJ文庫
929

口絵・本文イラスト　Ｒｉｖ

CONTENTS

リオ(ハルト=アマカワ)

母を殺した仇への復讐の為に生きる本作主人公
ベルトラム王国で指名手配を受けているため、偽名のハルトで活動中
前世は日本人の大学生・天川春人(あまかわはると)

アイシア

リオを春人と呼ぶ契約精霊
希少な人型精霊だが、本人の記憶は曖昧

セリア=クレール

ベルトラム王国の貴族令嬢
リオの学院時代の恩師で天才魔道士

ラティーファ

精霊の里に住む狐獣人の少女
前世は女子小学生・遠藤涼音(えんどうすずね)

サラ

精霊の里に住む銀狼獣人の少女
リオのもとで外の世界の見聞を広める

アルマ

精霊の里に住むエルダードワーフの少女
リオのもとで外の世界の見聞を広める

オーフィア

精霊の里に住むハイエルフの少女
リオのもとで外の世界の見聞を広める

綾瀬美春

あやせみはる

異世界転移者の女子高生
春人の幼馴染でもあり、初恋の少女

千堂亜紀

せんどうあき

異世界転移者の女子中学生
異父兄妹である春人を恨んでいる

千堂雅人

せんどうまさと

異世界転移者の男子小学生
美春や亜紀と共にリオに保護される

登場人物紹介

フローラ＝ベルトラム

ベルトラム王国の第二王女
姉のクリスティーナとようやく再会した

クリスティーナ＝ベルトラム

ベルトラム王国の第一王女
フローラと共にリオに保護される

千堂貴久
せんどうたかひさ

異世界転移者で亜紀や雅人の兄
セントステラ王国の勇者として行動する

坂田弘明
さかたひろあき

異世界転移者で勇者の一人
ユグノー公爵を後ろ盾に行動する

重倉瑠衣
しげくらるい

異世界転移者で男子高校生
ベルトラム王国の勇者として行動する

菊地蓮司
きくちれんじ

異世界転移者で勇者の一人
国に所属せず冒険者をしていたが……

リーゼロッテ＝クレティア

ガルアーク王国の公爵令嬢でリッカ商会の会頭
前世は女子高生の源立夏（みなもとりっか）

アリア＝ガヴァネス

リーゼロッテに仕える侍女長で魔剣使い
セリアとは学生時代からの友人

皇 沙月
すめらぎさつき

異世界転移者で美春たちの友人
ガルアーク王国の勇者として行動する

シャルロット＝ガルアーク

ガルアーク王国の第二王女
ハルトに積極的に好意を示している

レイス

暗躍を繰り返す正体不明の人物
計画を狂わすリオを警戒している

桜葉 絵梨花
さくらば えりか

聖女として辺境の小国で革命を起こした女性
自身が勇者であることを隠し行動している

【プロローグ】

人里から離れ、鬱蒼と茂った森の手前で。

アイシアに運ばれ、神聖エリカ民主共和国の首都から数キロメートル離れた土地まで移動したリーゼロッテとアリア。

リオと神獣の激闘は、首都から大きく離れたこの場所からでも観察できるほどに熾烈を極めていた。

が、遠目から窺えるのはあくまでも大規模な攻撃の発動に限られる。身体能力強化による視力の底上げで光線を躱すリオの動きを捉えることもあったが、大規模な攻撃は数分前に止んだ。今となっては静かに晴れた空が広がるだけだ。

アイシアがリオのもとへと戻っていったのはほんの少し前のこと。リーゼロッテの身柄こそ奪還できたが、無事を祝うような雰囲気では決してない。

「…………」

リーゼロッテとアリアは固唾を呑んで首都の方角を眺め続けていた。それから、どれほど時間が経っただろうか。

「戻られたみたいです」

「っ……！」

リオを抱きかかえて接近してくるアイシアの姿を、まずはアリアが遠目に発見する。リーゼロッテも二人の姿を視界に捉える。

少しでも距離を近づけようと思ったのか、リーゼロッテは脇目も振らずがむしゃらに駆けだした。アリアもその後を追う。

両者の距離はすぐに埋まり、アイシアがリーゼロッテの前に着地する。リオはぐったりとしたまま抱きかかえられていた。

「……アイシアさん！　あの、ハルト様は⁉」

リーゼロッテは息を切らしながら、焦燥した顔つきでリオの安否を確かめた。気を失ったリオの顔を至近距離から覗き込む。

「大丈夫。命に別状はない」

アイシアがはっきりとした口調で伝える。

「ですが……」

口許には咳き込んで吐き出した血糊の跡もある。戦闘で意識を失うほどのダメージを負ったのも間違いない。不安が拭えないのは当然だろう。すぐにでも安静にする必要があるはずだ。そんなリーゼロッテを安心させるように——、

「うん、春人を休ませたい」

普段通り抑揚のない声だが、アイシアがしっかりと頷いてからリオを横たえ、地面に魔力を流して整地を開始する。

岩の家を出すための下準備だ。転がる小岩が地面に沈んでいき、でこぼこな地形が瞬く間に平らになっていく。

「…………」

アリアにとってはリオとの旅の間にすっかり見慣れた光景だが、初見のリーゼロッテはわずかに瞠目する。とはいえ、今はそんなことはどうでもいいのか、ただただ申し訳なさそうに焦燥した顔になる。

そんなリーゼロッテをよそに、アイシアはリオの腕を手に取った。そこにはブレスレット、時空の蔵が嵌められている。

時空の蔵は魔力の波長が登録された者にしか使えない。登録可能な人数は二人まで。普段リオが装着している腕輪はセリアの魔力波長も登録されていたりする。アイシアは登録者に含まれてはいないが——、

「《解放魔術》」

アイシアは呪文を詠唱し、時空の蔵を使用した。これはアイシアがリオと契約し、リオの魔力を流用しているからこそ可能な裏技ともいえる芸当だ。

「入って」

「はい」

アイシアはリオを優しく抱え直し、設置した岩の家へと歩きだす。リーゼロッテはリオの身を案じているのか、アリアよりも早く駆けだして玄関の扉を開けた。

岩の家に入ったアイシアが真っ先にしようとしたのは――、

「二人はここで休んでいて。私は春人を看病する」

もちろん、リオの看病だった。リーゼロッテとアリアにはリビングで待機するよう指示を出して、意識を失ったリオを抱えて奥へ進もうとする。とはいえ、ここで「はい、わかりました」と腰を下ろすことなどできるはずもない。

「あ、あの、お手伝いできることはありませんか?」

リーゼロッテは申し訳なさ一杯に、自分にできることはないかアイシアの後を追いかけながら尋ねた。

「服が血で汚れているから、着替えさせて身体を拭く」

手伝ってくれるなら、一緒にやろうと言わんばかりに、アイシアはこれからすることを告げた。すると――、

「身体を拭くなら浴室ですね。でしたら先に桶とタオルを用意しておきましょう」

神聖エリカ民主共和国にたどり着くまでの道中はこの家で寝泊まりしていたので、どこに何があるのかはしっかりと把握してある。アリアは浴室へ通じる脱衣所へと、率先して歩きだした。

「じゃあ、リーゼロッテもこっちに来て」

「はい！」

アイシアもリーゼロッテを連れて歩きだす。アリアは脱衣所の棚からタオルと洗剤を取り出すと、素早く先回りして浴室の扉も開けた。

一同、そのまま浴室へと入っていく。それから、アリアが洗い場にある備え付けの魔道具をいじり、桶にお湯を注いでいると――、

「私が支えているから、コートと上着を脱がせてあげて」

と、アイシアがリーゼロッテに頼む。

「はい」

リーゼロッテは優しい手つきでリオの腕を持ち、まずはコートを脱がせた。続いて、アイシアに万歳のポーズを取らされたリオのシャツもそっと脱がせると、リオの上半身が視界に入る。

貴族の令嬢として男性の裸を見たことなど、父であるクレティア公爵を含めなければ経験がなかった。が、今はそんなことを気にしている場合ではない。

ただ、それでも――、

「っ……」

リーゼロッテはリオの裸を間近で見て、息を呑んだ。リオの肉体が想像以上に引き締まっていたから、ではなく――、

「この、傷は……」

細かな無数の傷跡が目に入ったからだ。

「聖女との戦いでついた傷じゃないから、大丈夫。子供の頃にできた古傷。もう治っている」

と、アイシアはリーゼロッテを安心させるように言うが――、

「そう、でしたか」

それでリーゼロッテの表情が晴れることはない。傷を負って治る前に魔法で治癒を行えば、傷口は綺麗に塞がる。こうして古傷になってしまっているということは、この傷を負った当時のリオが治癒魔法を受けることができなかったということだ。

それでも浅い傷であれば自然治癒で大抵は綺麗に治るものだが、リオの身体に残っている傷跡には歪なものも目立つ。観察眼に優れない者であれば戦闘で負った傷なのかもしれないと勘違いするのだろうが、あいにくとリーゼロッテの観察眼は優れている。だから何かしらの拷問か、虐待でも受けた跡なのではないだろうかと、連想してしまった。

「…………」

アリアも手にしたタオルのお湯を絞りながら、じっとリオの肉体を見つめている。ただリーゼロッテが痛々しいというか悲しそうな表情を覗かせているのに対し、アリアは何か違和感を抱いているような表情にも見えた。すると――、

「どうかしたの？」

アイシアが二人の顔を見て不思議そうに尋ねる。

「……いえ、こちらのタオルをお使いください」

アリアはおもむろにかぶりを振り、リーゼロッテにお湯で濡れたタオルを差し出した。

「ええ」

リーゼロッテはタオルを受け取ると、吐血で汚れたリオの口許をいたわるように、丁寧な手つきでそっと拭い始める。

（ハルト様……、天川、先輩……）

その瞳には涙が滲んでいるが、動かす手を止めることはない。ただただ無心に、自分のために傷ついてしまったリオのことを案じているようで、慈愛に満ちたその手つきにはたどたどしさすら見えてしまう。一方で――、

「……血糊をとるだけであれば、ズボンは脱がせなくとも構わないでしょう。私は汚れたコートとシャツを洗います」

アリアは脱がされたリオのコートとシャツを手に取り、そちらの選択を開始した。

【第一章】❖ 波乱の前の一幕

時はほんのわずか進む。

ガルアーク王国王都近郊にそびえる山間部。見晴らしが良く、王都ガルトゥークも数キロメートル先に一望できる位置に。

ハイエルフの少女、オーフィアがいた。周囲には誰の姿もない。王城にいる美春やセリア達と別行動で何をしているのかといえば、転移魔術の移動先となる魔術陣の設置を行っていたのだ。

まずは候補地の選定。人がわざわざ登山して立ち入ってくることなど滅多にない場所ではあるが、周囲の安全確保も兼ねて精霊術で地形を安定させたり、認識阻害の結界を張ったり、転移時の魔力反応を隠蔽する結界を張ったりと、やることは多かった。それらの準備が今、ようやく終わった。

「よし、術式は安定している。これで結界の設置もすべて完了……と。《解放魔術》」

岩の家が二つあるように、時空の蔵も二つある。オーフィアはそれを使用し、リオから事前に預かっていた転移結晶を取り出した。

設定された転移先は精霊の民の里。設置作業が完了した以上、この場に残り続ける意味もないので、里にいるゴウキ達をシュトラール地方に連れてくるのだ。そのためにガルアーク王国のこの場所に転移魔術陣を設置した。

リオがリーゼロッテを救出するためガルアーク王国を留守にしている現状、こちらに来てもすぐに王城へ連れて行くことはできず岩の家に待機してもらうことになる。が、こちらが先行してシュトラール地方に到着して準備を終え次第、すぐに迎えにいくことになっていたので、ゴウキ達は何も知らずに待っているはずである。

「《転移魔術》」

オーフィアは呪文を詠唱し、転移結晶を使用した。直後、周辺の空間がゆがみ出す。転移魔術が発動する前触れだ。転移の間際、オーフィアはふと王都ガルトゥークに視線を向けた。そして術が発動し、精霊の民の里へと移動する直前――、

「え……？」

視界に映ったのは、王都に降り注ぐ無数の黒いナニカだった。

「…………」

既に転移は完了している。今、オーフィアの眼前に広がっているのは、精霊の民の里近

くにある森や泉だ。なんとも穏やか雰囲気が漂っている。だが――、

「……何、あれ？」

オーフィアはあたかも不吉な予兆を目にしたように、顔を強張らせていた。

「…………」

嫌な予感がする。

そんな直感に突き動かされ、オーフィアは急いで里へと飛び立った。

ほぼ同じ頃。

場所はベルトラム王国王都。

セリアの父、ローラン＝クレール伯爵はベルトラム王国城を訪れていた。訪問の理由はアルボー公爵から直々の呼び出しを受けたからである。

「それで、本日はいったいどのようなご用件で？」

城内の一室で再会の挨拶を互いに極素っ気なく済ませた後、ローランは淡々とした口調で呼び出しの理由を尋ねた。

「近々レストラシオンとの会談が行われることになった。場所はガルアーク王国城になると思われる。ついては伯爵にもお越しいただきたい」

アルボー公爵は端的に経緯と要求のみを突きつける。

「それはまた……、どうして私に？」

ローランは少し困惑している体を装いつつ、アルボー公爵の表情からその意図を探ろうと追加の情報を求めた。

クリスティーナの王城脱走事件で幇助の容疑をかけられ、今のローランはレストラシオンのスパイも同然という疑いをアルボー公爵派の貴族達に持たれている。直接的な証拠が存在しているわけではないので処断こそされていないが、現在は王都での役職を解かれ、監視役を派遣された状態で領地の運営に専念させられている。

王城に入ってくる情勢も遮断された状態にあるので、ローランとしてはこの機会に少しでも探りを入れておきたいところだ。

「伯爵であればあちら側に顔が利くだろう？」

と、アルボー公爵は実にストレートな物言いで、含みのあることを言う。

「はは、それはどうでしょうか」

ローランは飄々と肩をすくめてはぐらかそうとする。

「愛娘はあちらに籍を置いているそうだが」

と、アルボー公爵はシャルルとの結婚式で誘拐されたはずのセリアがどういうわけかレストラシオンに籍を置いているらしい状況を指摘した。

セリアの誘拐はクリスティーナの指示によるもので、王立学院時代から付き合いがある恩師のセリアを頼ってクリスティーナの側からスカウトしたらしい――、という情報はアルボー公爵も当然握っている。ベルトラム王国本国にユグノー公爵の息がかかったスパイが送り込まれているように、レストラシオンにもアルボー公爵の息がかかったスパイが送り込まれているからだ。

「その情報については私も大いに困惑したのですがね」

セリアの誘拐に自らは関与していないことを示すべく、ローランはさも物憂げに溜息を漏らす。そして、そんな食えぬ反応に――、

「……とはいえ、伯爵の娘があちらに身を置いているのはほぼ間違いのない情報だ。こちらと通じる者が実際に姿も確認している」

アルボー公爵はわずかに眉をひそめる。

「そのようですな。娘がレストラシオンに籍を置いているらしい、その点についての異論はありません」

その他の点について論ずるのであれば異論はあるぞと、ローランは暗に主張した。

「……まあいい。であれば、伯爵に会談への同行を願う理由もわかったはずだ」

ローランに胡乱な眼差しを向けるアルボー公爵。だが、証拠がない以上、水掛け論になるのは目に見えている。というより、クリスティーナがベルトラム王国城を脱出した段階でとっくになった。

そういった経緯もあり、ローランとレストラシオンとの関係性についてはこれ以上、掘り下げるつもりはないらしい。アルボー公爵は話を進めることを選んだ。

「……ですが、私が赴いたところで何かできるとも思いませんがね。数合わせで同席するだけでよろしいので？」

まさかそんなわけもあるまいと、ローランはさらなる情報をアルボー公爵から引き出そうとする。だが――、

「そうだ」

と、アルボー公爵は有無を言わせぬように頷いて、ローランが誘導しようとした話の流れを出だしから断ち切った。

現時点でローランに不必要な情報を与えたくないという思惑もあるのだろうが、アルボー公爵が軍人として大成した人物なだけあって、文官畑の貴族がするような煩わしい駆け

引きに付き合うのを嫌ったからこその態度とも受け取れる。

いずれにせよ、こういった態度を取られた以上、このまま話を掘り下げていけば藪蛇となって、ローランとしても面白くない話の流れになりかねない。

「なるほど……。であれば、断る理由はありませんが」

現時点におけるアルボー公爵との関係性もイーブンではない以上、ローランに断る選択肢はなかった。諸々の事情も会談に同席すればわかることだ。無理に粘って聞き出す必要もないと、ローランは素直に打診を受け容れることにした。

「では決まりだ。会談は近日中に行われる。日程が決まり次第、領都へ使者を送る。その、必要もないだろうが、予定は空けておくように」

話は済んだから、もう帰っていいぞと言わんばかりに、アルボー公爵は立ち上がる。王都での役職を失って領地に閉じ込められているローランに対する嫌味を口にするのも忘れていない。これだけの話をするために領地から王都へわざわざ呼び出した辺り、嫌がらせの意図は容易に見て取れた。が――、

「ええ。こちらの茶を頂いたら、私も帰るとしましょう」

ローランは特に悔しがる様子も見せず、テーブルに置かれたカップとソーサーを手に取って優雅に口をつける。

「ふん」

アルボー公爵は面白くなさそうに鼻を鳴らすと、さっさと退室してしまう。

（今のアルボー公爵が最も恐れているのは、自派閥の者以外に王都での影響力を取り戻されることだ。が……）

部屋に残されたローランは手にしたカップをいったんソーサーに戻しながら、思案にふける。

シャルルの結婚式でセリアが拉致された一件や、クリスティーナが王城から脱走した一件を受け、アルボー公爵家の勢いが弱まっているのは確かだ。

一方で、現在の王都にアルボー公爵に対抗できるほどの影響力を持っている大物が存在しないのもまた確かな事実である。そういった者はユグノー公爵やロダン侯爵のように王都から追放されてレストラシオンへ籍を移しているか、ローランのように王都に残っていても役職や実権を奪われて影響力を失ってしまっている。

そういうわけで、確かにアルボー公爵の勢いには翳りが出ているが、それでも対抗勢力が王都に存在しない以上は、王都でのアルボー公爵の地位は健在というわけだ。アルボー公爵派に迎合している貴族達の多くはユグノー公爵派が失われたことで相応の旨みを得ているので、わざわざ立場を危うくするリスクを負ってまで波風を立てる必要もない。

（レストラシオンと対等な交渉の席につき、あまつさえ私を同席させようとする辺り、息子を人質に取られ流石に焦っているのは間違いない。私を会談に同席させるというのなら願ったり叶ったりだ。この機会に色々と情勢を把握させて貰うとしよう。もしかしたらセリアちゃんにも会えるかもしれない）

最後にセリアのことを思い出したからだろうか。

ローランの表情が少し柔らかくなる。が――、

（セリアちゃん、無事にロダニアへたどり着けて何よりだが、ちゃんと幸せにやっているだろうか。幸せに……）

同時に寂しくもなってしまったらしい。

立て続けに、物憂げな顔つきになってしまった。そして――、

（……まあ、クリスティーナ王女に任せておけば間違いはないはずだ。それに身近に彼がいてくれれば何かあっても守ってくれるはず……）

ここで不意に、クリスティーナとセリアをロダニアまで送り届けたリオのことも思い出す。結婚式でいきなりセリアを拉致した際には死ぬほど心配させられたが、蓋を開けてみればこの上ないファインプレーだったので心底感謝はしている。

当のセリアがリオのことを信頼しているということもよく理解できた。さらには、おそ

らくはセリアがリオのことを憎からず思っているということも……。

（ぐっ、セリアちゃんはやはり奴のことを……）

愛娘の恋心を察してしまった以上は、応援してやりたい、娘の幸せを願いたいというのが嘘偽りのない本心であるが、父として抱く親心は複雑だ。

（もしかしたら、私の目の届かぬところで……。許さん、許さんぞ……。ちゃんと私も同席した上で式を挙げた後でなければ……。いや、だが、この状況ではいつ式を挙げられることか……。とはいえ、たとえ結婚もせずにセリアちゃんに手を出すのは……。いや、結婚しても手を出すのは……。しかし、孫の姿は見たい。ぐぬ、ぐぬぬ……）

と、負の思考スパイラルに陥っていくローラン。

ただ一つ言えることは――、

（いずれにせよセリアちゃんを泣かせるようなことをしたら許さん）

ということだった。

（もし泣かせたら、どうしてくれようか。我が家に伝わる秘伝魔法をお見舞いしてやるくらいのことはしてやらんと……）

どこまで本気なのかはともかく、セリアを誰よりも心配している。そんな愛娘のセリアに魔の手が迫っていることなど、この時のローランは知るよしもなかった。

【第二章】 奇襲

オーフィアが精霊の民の里へ転移する少し前。

ガルアーク王国城内にあるリオの屋敷(やしき)を訪れている要人達がいた。

「ご無沙汰(ぶさた)しております、クリスティーナ様、フローラ様」

ベルトラム王国の第一王女と第二王女であり、今はレストラシオンに籍を置いているクリスティーナとフローラである。

「お久しぶりです、セリア先生」

「またお会いできて嬉(うれ)しいです！」

などと、まずは二人ともセリアとの再会を喜ぶ。

「私も。お二人にまたお会いできてとても嬉しく思います。ご足労くださりありがとうございました」

「こちらこそ、急な面会の申し出に応じてくださり、ありがとうございます」

クリスティーナは軽く会釈(えしやく)してセリアに礼を伝えた。

　なお、この場にはガルアーク王国の第二王女であるシャルロットも同席しているが、ハルトが不在の今、クリスティーナとフローラとの関係性も踏まえてホスト役はセリアが務めることになった。美春やラティーファ達では王侯貴族を応接するスキルは持ち合わせていないので、シャルロットを除けば適役だ。

　部屋の外にはシャルロットの護衛騎士であるルイーズや、クリスティーナ達を護衛するヴァネッサ達もいる。

「あいにくとハルトは今不在なのですが……」

「アマカワ卿に御礼を伝えたいというのもあるのですが、本日はセリア先生に主立った用があって参りました」

「私に？」

　セリアはきょとんと顔を傾げる。

「ええ。シャルロット王女……、というより、ガルアーク王国には既にお伝えしていますが、近いうちに我々レストラシオンとベルトラム王国本国との間で会談が行われることが決まりました」

　と、クリスティーナはシャルロットを一瞥しながら、セリアに語った。

「それは……」

「セリア先生の結婚式もそうですが、シャルルやアルフレッドが我々の捕虜になったことや、私がレストラシオンへ移籍してしまったことで、アルボー公爵にとって看過できない不始末が続いていますからね。だいぶ焦っているのでしょう。あちらから交渉を持ち掛けてきました」

「……盤石だったアルボー公爵家の影響力が薄れていると？」

「そう見て間違いはないでしょう」

現在、レストラシオンには当主とその配偶者、子弟を含めれば千人以上のベルトラム王国貴族が籍を置いているが、アルボー公爵派が牛耳るベルトラム王国本国に従う貴族達と比べてしまえば圧倒的少数派に過ぎない。そして、貴族社会での政治的な影響力は基本的に派閥の大きさ、数が物を言う。

だからこそ、レストラシオンを構成するユグノー公爵派は自己の正当性を認めさせることができず、王都での居場所を失って辛酸を舐め続けてきた。

だが、貴族社会での影響力は水物でもある。というのも、派閥から抜け出せないほどどっぷり派閥に浸かっている貴族は、派閥の中でも極一部にすぎない。派閥に所属する貴族の大半はその時の情勢に応じて都合良く迎合し鞍替えを行うのだ。

実際、先の紛争でプロキシア帝国に領土の一部を奪われたことをきっかけに、ユグノー

公爵派に所属していた貴族達は一気にアルボー公爵派へと流れた。が――、

「となれば、この機会を逃す手はありませんね」

逆に言えば、アルボー公爵派の失態を利用し、流れていった貴族を奪い返すことも可能であるということになる。

王都から離れて物理的な接触ができなくなっている手前、そう簡単にそれらの失態を利用して王都にいる貴族達を取り込むこともできなくなっているわけだが、アルボー公爵の影響力が弱まっているのは事実だ。あちらから交渉を持ちかけてきたというのなら、有利に立ち回ることも可能であろう。

「交渉の席で何を議題とするのかはまだ内々に煮詰めている段階ですが、さしあたってあちらはシャルルとアルフレッドの身柄、それとアルフレッドが使用していた魔剣を返還するよう要求してきました」

シャルルはアルボー公爵の跡取り息子であるし、アルフレッドは国内で最強の騎士であるし、アルフレッドが使用していた魔剣は『断罪の光剣』と呼ばれる国宝だ。

「いずれも強力な交渉のカードですね」

「ええ。すべてアマカワ卿がもたらしてくれたものです。その御礼を改めてお伝えできればと思っていたのですが……、ひどく大変なことになっているようですね。アマカワ卿が

レディ・リーゼロッテの救出に向かわれたとか」

リーゼロッテとはクリスティーナも少なからず付き合いがあるし、折に触れて便宜を図ってもらったこともある相手だ。心配そうに表情を曇らせる。

「ハルト様なら必ずや、リーゼロッテのことも連れ帰ってくださるはずです」

シャルロットが凜と背筋を伸ばし、毅然と言う。

「はい」

セリアも力強く賛同した。

「そう、ですね。アマカワ卿であれば……」

言葉を噛みしめるように頷いたクリスティーナ。リオの強さとその能力の多才さはルシウスとの戦闘やパラディア王国から帰還するまでの間で実際に目の当たりにしてきた。だからこそ、リオならば、ハルト様なら、と思えたのだろう。

「そうですよ。ハルト様なら、きっと！」

それはフローラも同じだった。

「いつ帰ってくるかはわかりませんが、ハルトが戻った際に私からこのことを伝えさせていただきますね」

セリアは気持ちが後ろ向きにならないようにと思ったのか、少し暗くなりかけた雰囲気を払拭させるようクリスティーナに伝える。

「あるいは、アマカワ卿とレディ・リーゼロッテが戻られた際にまた伺います。当面はガルアーク王国城に滞在することになりましたので」

「まあ、そうなのですか？」

「ええ。ベルトラム王国本国との会談の場所がガルアーク王国城になることはほぼ確定しているので、それまで滞在させていただくことになりました」

「そういうことであれば、ハルト様がリーゼロッテを連れてお戻りになった際にこの屋敷で一席設けるのもよいかもしれませんね。お二人もご招待しますので」

と、クリスティーナとセリアのやりとりを聞いていたシャルロットが提案する。

「わっ、それは楽しそうですね。ぜひ！」

フローラが嬉しそうに、すかさず食いつくが――、

「フローラ」

他国の貴族の邸宅に招かれるのだから、少しは遠慮なさい――と、クリスティーナが呆れを滲ませて言外に注意する。

「あっ、ご迷惑でなければ、ですが……」

はしたないと思ったのか、フローラは頬を赤らめて付け足す。一方で、そんな彼女らし

さい在り方を好ましいと感じたのか――、」


「お泊まり会でもお食事会でも、決して迷惑ではありませんので、遠慮なさらないでくださいセリアはふふっと頬をほころばせて呼びかける。

「ええ。皆様のご厚意に甘えて半ばこの家で暮らさせてもらっている身で申せた義理ではありませんけれど、ぜひお越しくださいな」

シャルロットも茶目っ気と愛嬌たっぷりに二人を誘った。

沙月に便乗する形でちゃっかりリオの屋敷に入り浸ることに成功している彼女だが、国王フランソワとの連絡役やリオとコネクションを得ようと近づこうとする貴族達との面倒な渉外役を積極的に買って出ている。

何かするにあたって必要な手配があればシャルロットが迅速に行い、見えないところできっちり仕事をこなしていることもあって、この屋敷の同居人として受け容れられる程度には、リオ達からの信頼を勝ち取っていたりする。屋敷の中にはシャルロットの個室もあるほどだ。

「ありがとうございます。では、お手数をお掛けしますが……」

よろしくお願いいたします――と、クリスティーナは会釈した。

「決まりですね。皆喜ぶと思います。ミハルやサラ達もまたお二人にもお会いしたいと言っていましたから」

「この後もお時間があるようでしたら、皆様もこちらにお呼びすればよいのではないでしょうか」

と、シャルロットがクリスティーナとフローラを誘う。セリアに対して公的な話があるということで席を外しているが、美春やラティーファ達はもちろん屋敷の中にいる。オーフィアだけは外出しているが、声をかければすぐに来てくれるだろう。

「我々も皆様にご挨拶したかったので、皆様のご予定が詰まっていなければ……。セリア先生への用件もすぐに済みますので」

「まだ私に何かお話が？」

「はい、先ほどの話の続きです。ベルトラム王国本国との間で行われる会談、ご都合があえばセリア先生も同席しませんか？」

「私も……ですか？」

はたと目を丸くするセリア。

「人質になっているシャルルを差し出す代わりに、先生のご実家……、クレール伯爵家の今後の取扱いについていくつか条件を提示しようと考えています」

「……それは、なぜでしょうか？」

突然の話に驚きが大きいのか、セリアは躊躇い顔で尋ねる。

「ベルトラム王国本国に対して公にはしていませんが、結婚式で拉致されたセリア先生がレストラシオンに籍を置いていることにはあちらも気づいていることでしょう。私が王都を脱出するにあたってクレール伯爵に幇助の嫌疑がかかってしまったことも事実。こちらがシャルルの身柄を確保している今、あちらもクレール伯爵家に手出しはできるはずもありませんが……」

状況が変わればクレール伯爵家が窮地に立たされる恐れは多分にある。

「いずれにせよ、一連のいざこざでクレール伯爵家にしわ寄せが及んでいるのは明らかです。レストラシオン上層陣も認めていることですので、補填すべき当然の措置とお考えください」

だから気にする必要はないと、クリスティーナは言外に訴えた。

「……当家に対する格別のご配慮、誠に恐れ入ります」

「いえ。具体的にどういった条件を突きつけるかは検討中ですが——」

セリアが深々とこうべを垂れ、クリスティーナが話を続けようとする。

その時のことだった。

ドォンと轟音（ごうおん）が鳴り響（ひび）き、室内が軽く振動（しんどう）する。

「何事、でしょうか？　魔法の訓練？」

セリアを始め、室内の面々が不安そうに窓の外を見る。そうしている間にも轟音は断続的に鳴り続けていた。どうやら音の発生源はそれぞれ点在しているらしく、遠くから響いてくる音もある。

「いいえ、城の演習場から響いてくる音にしては大きすぎるように思います。おそらくは城内、中にはだいぶ近くで鳴り響いたものもありました」

シャルロットはカーテン越しに窓の外を窺（うかが）いながら、毅然と状況を推察した。

すると、しばらくして音が鳴り止（や）み――、

「失礼いたします」

シャルロットの警護責任者を務めるルイーズと、クリスティーナとフローラの警護責任者であるヴァネッサが入室してきた。二人とも部屋の外で待機していたから、今の音を当然聞いていたのだろう。二人とも険しい面持（おもも）ちをしている。

「何事かわかる？」

シャルロットがルイーズを見て尋ねた。

「いえ。こういった音を発生させる催（もよお）しがあるとは聞いていません。考えられるとすれば

魔法の訓練ですが、それにしては音が近すぎた。何か黒い物体が空から落下してくるのも窓から見えました。部下に様子を探らせに行きましたので、状況を把握次第、戻るはずです」

「そう。となると、屋敷の中で待機しているべきかしら？」

「はい。屋敷に同行している者達を屋敷の外に配置させました。念のため、セーフルームへの移動を願います」

セーフルームとは屋敷に危険が発生した際に要人が避難するための部屋だ。どこまで本格的な避難を想定しているのかは個別の設計次第だが、外からの侵入がしづらいように作られていて籠城に向いているという点は似通っている。

この屋敷は城の敷地内に建てられていることもあり、本当に有事の際は城内へ避難することを想定しているため、設置されているセーフルームは簡易的なものだ。

「わかったわ。まずはサツキ様やミハル様達とも合流しましょう」

と、すかさず判断を下すシャルロット。すると――、

「失礼するわね、シャルちゃん」

沙月を先頭に、美春、ラティーファ、サラ、アルマ達の方からセリア達がいる応接室へとやってきた。開きっぱなしの扉から室内に入ってくる一同。非日常的な轟音に尋常なら

ざる雰囲気を感じ取ったのか、それぞれの顔からは不安の色が窺える。念のためか、サラとアルマはそれぞれ自分の武器を手にしていた。

「先ほどの大きな音のことですね」

「うん。普段は聞かないようなすごい音だったから驚いちゃって……」

「何が起きているのかこちらでも掴みかねておりまして、万が一に備えてセーフルームに移動することにしました。その間に護衛の騎士達に様子を探らせに行きます。ご同行いただけますか？」

「そっか……。うん、わかった」

美春達と顔を見合わせ頷く沙月。この時点ではまだ危険が発生したと確定したわけではない。ゆえに、緊迫感自体はなかったのだが――、

「ほ、報告！　ご報告いたします！　城内に魔物らしき群れが落下してきたとのこと！」

「なっ……」

シャルロットの護衛騎士が慌てて駆け込んできたことで、緊張感は一気に高まった。

「……落ち着け。魔物らしき群れとは何だ？　ゴブリンとオークではないのか？」

ルイーズが冷静に振る舞い、部下に問いかける。神魔戦争が繰り広げられていた千年以上前はミノタウロスのような強力な魔物もそう珍しい存在ではなかったようだが、現代に

おいて人が目にする機会のある魔物はそのほぼすべてがゴブリンとオークだ。

ゴブリンとオーク以外の魔物の目撃例がまったくないわけでもないが、魔物の討伐を生業とする冒険者であっても遭遇することなどそうはない。ゴブリンとオーク以外の魔物を目撃することもなく現役を退く者が大半なほどだ。

「……遠目に騎士達との戦闘を眺めた限りですが、動きはゴブリンとオークよりも遥かに速く、見たことのない魔物でした。かなり人に近い姿をしていましたが、顔つきから窺える凶暴さは魔物のそれ。肌の色が灰色の個体と黒色の個体がいたのは視認しました」

と、騎士が要点をまとめて的確に報告を行っていると、美春が「え……？」という顔になる。隣に立つ沙月はその変化に気づく。

「……そうか。魔物の数や位置などの情報は？」

「申し訳ございません。屋敷に戻るのを優先したのでそこまでは……。ただ、城内の随所に落下してきたようで、いたるところで戦闘が発生しているはずです」

ルイーズは美春の反応に気づいた様子はない。そうして部下が回答したところを見計らって——、

「どうしたの、美春ちゃん？」

隣に立つ沙月が問いかけた。

室内の注目が美春に集まる。

「あ、えっと、以前、この世界に迷い込んで少し経った頃なんですけど、アマンドの近くで謎の魔物に襲われたことがあるんです。その時はハルトさんとアイちゃんが魔物を退治してくれて、ゴブリンでもオークでもない謎の魔物だって言っていたから、もしかしたらそれと同じ魔物なのかなって……」

「アマンドに魔物が押しかけてきた時にも紛れ込んだ魔物ね。私も同じ魔物を思い出したわ。ミノタウロスほどではないけど、かなり動きが速くて強い魔物だったと思う。身体能力を強化した騎士の人達でないと勝てないくらいに……」

セリアは当時のことを振り返り、顔を曇らせた。

「私もその時一緒に見ました」

と、当時アマンドにいて、ルシウスに攫われかけたフローラの目撃証言も続く。

「なるほど……。断定はできませんが、同一の魔物である可能性は高そうですね。幸い騎士達が迎撃に当たってはいるはずですが、打ち漏らした個体が屋敷に押し寄せてくるかもしれません。周辺の守りを固めますので、姫様達は直ちにセーフルームへ」

「わかったわ。では、クリスティーナ様にフローラ様、そしてサツキ様にミハル様達も」

ルイーズに促され、シャルロットが一同と避難を開始しようとする。と――、

「私とアルマは屋敷の外で防衛に協力しましょう」

サラが外に出て屋敷の防衛に参加すると申し出る。現状、この屋敷の中で最も強いのがこの二人であるが——、

「……いえ、ですが……」

躊躇うルイーズ。日頃手合わせをすることもあり、サラとアルマの実力は十分に承知しているが、ルイーズから見れば二人も警護対象だからだ。

「私とアルマの役目はハルトさんが不在の間にミハル達を守ることです。警護対象に含んでもらう必要はありません。室内で情報を遮断された状態でいるよりは外で状況を把握できた方が動きやすいですし」

「まあ、そういうことですね。私とサラ姉さんへのお気遣いは不要です」

などと、サラとアルマは実践慣れした様子で語る。一方で——、

「…………」

何か言いかけて言葉を呑み込んだ沙月。私も一緒に屋敷を守る——と、喉元まで出かけたが、勇者という自分の立場は理解しているし、実戦経験が欠けている状態で付いていって足手まといにならないのか、不安になったのかもしれない。

「……お言葉に甘えるべきでしょうね。今この屋敷にいる人員だけでは数が足りないでし

ょうし、今この屋敷で一番強いのは魔剣を装備したお二人でしょうから」

沙月が口を動かそうとしたことには気づいたシャルロットだが、あえて沙月のことは見ずにルイーズの背中を押した。

「承知しました。では、ありがたく」

頼らせていただきますと、ルイーズはサラとアルマに頭を下げる。

「ラティーファ、貴方はサツキさんと一緒にミハル達の傍にいてあげなさい。万が一の時は貴方がミハルとセリアさんを守るんですから」

「……うん！　任せて！」

サラに向き直って呼びかけれ、ラティーファは力強く首肯した。が――、

「えっと、私も二人についていくわ」

と、セリアは屋敷の防衛に加わるような発言をした。

「え？」

一同が意外そうな眼差しを向ける。

「討伐した魔物は魔石を残して消滅していますし、アマンドに現れた魔物と同一の存在か確認できる人もいた方がいいですよね。もしかすると治癒の使い手も必要になるかもしれませんし、後ろから魔法でサポートもできます。実戦を想定した連携の訓練もサラやアル

マ達と一緒にしたこともありますから」

セリアはサラとアルマに言い聞かせるというより、クリスティーナやシャルロットに向けて説明するように理屈立てて語った。

「……確かに、魔物の情報を得られるのはありがたいですし、セリア様ほどの魔道士に後衛を務めていただけるのならとても助かるのでしょうが……、無理に出ていただく場面でもないとは思いますけれど」

悩むというよりは、真意を確かめるようにセリアを見据えるシャルロット。軍職にない貴族であっても何かしらの戦闘訓練は受けた経験があるし、最低限の戦闘手段も持ち合わせているのが一般的だ。

そのため、有事の際には戦線に加わるのは珍しいことでもないし、むしろ貴族としての責務と見なされることもある。だが、時と場合にもよる。

もしかしたら打ち漏らした魔物との戦闘が発生するかもしれない、という程度の危険性しかないような現状において、伯爵令嬢であるセリアは警護される側に甘んじている方が無難ではないかとでも考えたのかもしれない。

「ハルトがいない今だからこそ、できることをしたいと思ったんです」

セリアは落ち着いていて、淀みなく応えた。その表情からは私だって戦える、守ってもらうだけの存在じゃない、もしもの時にはハルトから頼ってもらえるような存在になりたいと、そんな意思が窺えた。

「セリアさんの魔法の腕前はよく理解しているので、支援が得られるのならば私としても心強いです」

　サラからのお墨付きも出る。

「そう、ですか……。であれば、お引き留めするのも野暮になるのでしょうか」

　シャルロットはちょっぴり羨ましそうな声音で納得してから、ちらりとクリスティーナを視界に収めた。現状ではリオの補佐役になっているとはいえ、セリアはレストラシオンに所属する貴族だ。クリスティーナがどう判断するのかは確認しておきたいのだろう。

「……先生の意思に委ねます」

　クリスティーナはこくりと首を縦に振る。

「ありがとうございます。というわけでよろしくね、サラ、アルマ」

「はい」

　サラもアルマも戦士だ。日頃の親密な関係もあってセリアの意思をしっかりと理解しているのか、しっかりと頷いて返事をした。

　その傍らではルイーズがヴァネッサ達と必要なやりとりをしていて――、

「ヴァネッサ殿は姫様達とともにセーフルームでの警護を頼む」

「心得た」

「では、皆様はどうぞそちらの扉から繋がるセーフルームへ。念のため、この応接室に数名の騎士を配置します」

必要な打ち合わせを追え、ルイーズが出入り口とは異なる扉を手で指し示す。屋敷には三つのセーフルームがあるのだが、客人が来ている場合にスムーズに避難できるよう、その一つは他ならぬこの応接室と繋がっている。

かくして、セーフルームに避難する者達と、外の警戒に出る者達。屋敷に暮らす者達は二手に別れて行動を開始することになった。

同じ頃、とある男が王都の遥か上空を浮遊しながら、眼下の王城とその敷地内を見下ろしていた。
この人物こそ城内に魔物を放った者に他ならない。その正体はレイスだ。つい数十分前までは遥か離れた土地でリオと聖女エリカの激闘を観戦していた彼だが、使い捨ての転移

結晶(けっしょう)を用いることでガルアーク王国城まで一瞬(いっしゅん)で移動していた。

現在、城の敷地内では、国に仕える非戦闘員達(せんとういんたち)が慌てふためき、至る所で騎士とレヴァナント達が戦闘を繰り広げている。

（貴重な封魔球(ふうまきゅう)とレヴァナント達を大量投入してまでの初動。これで目標の誰(だれ)かがいぶり出されてくれればありがたいのですが……、おや）

レイスはスッと目を細めた。俯瞰(ふかん)していた視線が一点に固定される。その遥か先にはリオがフランソワから下賜(かし)された屋敷があり、ちょうど玄関(げんかん)から出てきたセリア、サラ、アルマなどの姿が視界に映った。

（城内に籠(こ)もられると少々面倒でしたが、都合が良いですね。外に出ているあの少女達はなかなか油断ならない。今回は出し惜(お)しみなしです）

レイスが浮(う)かぶ宙空の足下(あしもと)に、漆黒(しっこく)の影(かげ)が広まり青空が侵食(しんしょく)されていく。そこから直径数メートルの真っ黒な球体が五つ現れる。

球体は五つともリオの屋敷付近めがけて、隕石(いんせき)のように落下していった。落下によって立て続けに轟音が鳴り響き、リオの屋敷を大きく揺(ゆ)らす。それを確認(かくにん)すると——、

（これで手持ちのレヴァナントは出し尽(つ)くした。とはいえ彼女達(かのじょたち)が相手ではそう長くもたない恐れもある。早々に彼らにも来てもらうとしましょうか）

レイスは新たな転移結晶を懐から取り出し冷笑すると、さらに上空に広がる雲へと上昇していった。

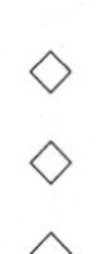

屋敷を出たサラは身軽な足取りで建物の外壁を伝っていき、見晴らしの良い屋根上へと移動していた。

目を凝らして一帯を俯瞰し、屋敷に近寄る魔物の姿がないか確認すると――、

「今のところ屋敷に近づいてくる魔物はいないようですね。戦闘している人は随所にいるようですが……」

地上に降りて、ルイーズを初めとする護衛騎士達、セリア、アルマに報告する。

「ありがとう。味方の助太刀に向かいたいところだが、持ち場を離れるわけにはいかないな。我々は屋敷の警護を優先しよう」

魔物がやってくる恐れがゼロではない以上、警護対象がいる屋敷の守りを手薄にするわけにはいかない。今こうしている間も戦っている味方を静観するのは気が引けるが、戦術的には妥当な判断である。

警護対象の美春達を王城まで連れていくという選択肢もあるが、移動中に襲われるリスクを踏まえると非戦闘員を大勢抱えて下手に動くのも得策ではない。

「私は屋根の上で警戒を続けます」

「私も手伝います」

そう言って、サラとアルマが屋根に上ろうとする。レイスが放出した黒い球体が屋敷の近くに落下してきたのは、その時のことだった。

轟音と衝撃波が押し寄せ、土埃が吹き荒れる。

「なっ……!?」

視界を奪われながら絶句するサラ達。一方で、落下してきた球体の表面を覆う暗い闇がどろりと溶けていく。落ちてきた球体は五つ。屋敷との距離はほんの百メートルも離れていない。その一つ一つから十二体のレヴァナントが飛び出し――、

「キシャアッ！」

計六十体のレヴァナント達が、屋敷の前に立つサラ達めがけて勢いよく駆けだした。防衛するサラやルイーズ達の人数は十人。

そんな中――、

「っ、私とアルマが前に出ます！」

「皆さんは後衛のセリアさんの守護と、打ち漏らした敵が屋敷に侵入するのを阻止してください！」

真っ先に迎撃を開始したのはサラとアルマだった。そして——、

「《術式二重奏・巨大土壁魔法》」

セリアだ。

呪文を詠唱しながら、両手で地面に触れる。

それから二秒もしないうちに、サラ達とレヴァナント達との間に厚さ一メートル強、幅五メートル弱、高さ十メートル弱はある巨大な二枚の土壁が急速に隆起した。

障害物を設置した狙いはレヴァナント達の接近を塞ぎ止めること。

ではなく、多勢に無勢の状況で真っ向からぶつかり合い、数の差で押し切られることを避けるためだ。

セリアが展開した壁と壁の間には一メートルほどの隙間がある。これにより、レヴァナント達は真ん中の隙間を通るか、左右に迂回するか、高い壁をよじ登るかの選択を強いられることになった。

敵の侵攻ルートが限定されるということは、火力を集中させるべき場所も限定されるということである。一度に対処する敵の数を絞ることができるのは大きなメリットだ。

「サラ、アルマ！」

セリアが二人の名前を叫(さけ)ぶ。

「セリアさんは真ん中をお願いします！　アルマは右を！」

「ええ！」

サラとアルマはセリアが土壁を設置した意図を瞬時(しゅんじ)に理解し、左右に展開した。レヴァナント達は壁をよじ登るという選択肢はとらず、中央の隙間と左右の三箇所(かしょ)から侵攻することを選択したらしい。結果――、

「《術式三重奏(トリオマジシャン)・火球魔法(ファイヤーボール)》」「はああっ！」「ふんっ！」

中央と左右からなだれ込んでくるレヴァナント達に、セリア、サラ、アルマがそれぞれ強力な一撃(いちげき)を放つ。

「グァッッ！」

セリアの前に三つの魔術(まじゅつ)式、魔法陣(まほうじん)が浮かび上がる。その内の一つから放った直径一メートル強の火球は中央で顔を出したレヴァナント達を何体かまとめて吹き飛ばした。残りの二つの魔法陣は展開させて待機させたままだ。

サラのダガーから飛び出た氷槍(ひょうそう)は後ろの個体もまとめて貫(つらぬ)き、アルマが振るったメイスは数体の個体をまとめて薙(な)ぎ払(はら)う。

「アマンドで見たのと同じ魔物達よ！　皮膚が硬いのと、生命力もかなり強いみたいだから気をつけて！　黒い個体は灰色よりも動きが速かったわ！」

と、セリアはレヴァナント達と特徴を説明してサラ達に注意を促す。その言葉通りというべきか、あるいは火に多少の耐性があるのか、火球が直撃した先頭の何体かが皮膚を熱で溶かされながらも鈍い動きで立ち上がろうとしている。

アルマが攻撃した個体も先頭の一体だけは絶命したが、後ろにいた個体はやはり起き上がろうとしていた。サラの放った氷槍によって腹部を貫かれたレヴァナント達もこの程度では絶命しないらしく、槍を抜こうともがいている。

「そのようです、ね！」

サラはダガーに長く鋭く伸びた冷気の刃を纏わせ、氷槍の刺さったレヴァナント達の首をまとめて薙ぎ払った。それでようやく絶命し、首を切られた個体達は魔石を残して消滅していく。

「厄介な！」

アルマは吹き飛ばされた個体を押し退けて突っ込んできた新手のレヴァナントめがけてメイスを振るっていた。どうやらアルマのメイスなら胴体にクリーンヒットしさえすれば一撃で絶命させられるらしく、吹き飛んだ個体は塵状になって消えていく。

セリアも多重展開して待機させていた魔法陣から二発目、三発目の火球を放ち、巻き込んだレヴァナント達をようやくとどめを刺していた。一方で――、

「…………」

突然の奇襲であってもモノともしないセリア達の見事な連携を目の当たりにして、ルイーズを初めとする騎士達は半ば呆気にとられている。お互いの戦闘スタイルと手札を把握し、日頃から連携の訓練をしっかりと積んでいなければ、こうも安定感のある立ち回りをすることはできるはずもない。実に見事であった。

中でも最初に土壁を展開させ、レヴァナント達の行動を操ったセリアのファインプレーは実に見事だった。中級魔法をとんでもない速度で、かつ、多重発動させた魔法の技量はもちろん、敵の動きを見てから極めて効果的な戦術を冷静に選択した咄嗟の判断力は舌を巻く他にない。

ルイーズも実に感心した眼差しをセリアに向けていたが――、

「セリア殿の放つ魔法を阻害しないように守りを固めるんだ！　屋敷に侵入しようとする魔物も見逃すなよ！」

いち早く気を引き締め直すと、部下達に指示を飛ばした。倒したのはまだほんの六、七体にすぎない。レヴァナント達は今も続々と押し寄せようとしている。

「《術式三十六重奏・氷槍魔法》」

セリアはサラが氷の槍を放ったことに着想を得たのか、今度は氷の槍を放つ魔法を同時に三十六個も頭上に展開した。一つ刺さった程度では絶命しないことはわかっているので手数の多さで勝負するのだ。

集団戦闘における魔道士の役割は接近してくる敵に火力を集中させて、数を大きく減らすこと。それを体現しているわけだが、下級の攻撃魔法とはいえ三十六個も同時に術式を展開するなど宮廷魔道士であってもおよそできる芸当ではない。それを実戦であっさりと使用している光景を見て、周囲の女性騎士達はギョッとしている。

そんな彼女達をよそに、セリアは頭上に展開した魔法陣から氷槍を惜しみなく連続射出していた。壁と壁の隙間から続々と飛び出してくるレヴァナント達を押しとどめる。

(落ち着いて、よく観察しないと……。後衛の魔道士に求められる役割は視野を広く持って敵の動きを観察し、先手を取り続けること)

セリアは深呼吸をして、冷静であろうと心がけていた。もちろん緊張していないわけではない。というより、かなり緊張しているし、怖い。

だが、セリアは戦闘で緊張するあまり、足手まといになってしまうことの悔しさを知っている。思い出すのはセリアがレストラシオンに所属する直前のことだ。

クリスティーナをロダニアへと護送する旅の間に発生した数々の戦闘で、セリアは同行者であるリオ、サラ、アルマ、オーフィアに頼るばかりで、自分が魔道士として戦う術を持ちながらも思っていた以上に実戦で上手く動けないことを痛感していた。

だから、セリアはレストラシオンに移籍して以降、実戦における魔法の扱い方について本腰を入れて学び始めていた。そして、サラやゴウキ達に協力してもらって連携の訓練も定期的に行ってきた。その成果が今こうして実戦で花開いているというわけだ。

「……アマカワ卿の周りにいる人物達は本当にとんでもないな」

ルイーズが半ば呆れを滲ませて呟く。魔法の派手さでパッと見てわかりやすいのはセリアだが、サラとアルマの活躍も実にめざましかった。

サラは速度と手数の多さで勝負していた。実に素早く、トリッキーな動きでレヴァナント達を翻弄しており、体術を織り交ぜながら冷気の刃を纏わせた両手のダガーを目にも止まらぬ速さで振るい、硬質なはずのレヴァナントの身体をスパスパと切断している。

一方で、膂力で勝負するのがアルマだ。身体強化の賜物であることは理解できるが、小柄で華奢な身体のどこにそんなパワーが秘められているのか、重量感たっぷりのメイスを棒きれのように振るって、一発一発で確実にレヴァナント達を絶命させている。

戦闘スタイルこそ異なるが、サラもアルマも実に安定している立ち回りだった。壁の左右から迂回してくるレヴァナント達を見事に防ぎ留めている。

まだ三割も倒せていないが、この勢いならほんの数分で殲滅は完了するだろう。戦っているセリア達もそう思い始めていた。

屋敷のすぐ外で戦闘が始まったことは、セーフルームに避難していた美春やクリスティーナ達にも伝わっていた。
十畳の室内には応接室と繋がる扉以外に侵入経路となりえる窓すら存在していない。そんな部屋の中に、美春、沙月、ラティーファ、クリスティーナ、フローラ、シャルロットの六人がおり、応接室へと通じる通路にはヴァネッサが、そして応接室には護衛として残ったシャルロットの護衛騎士二名が控えている。
派手な戦闘音が聞こえ始めてから、それぞれの口数は少ない。セリアが放つ魔法の音やレヴァナントの叫び声が、屋敷の壁越しに室内に響いていた。命をかけた戦いが繰り広げられているのだと、ひしひしと伝わってくる。
（……今、外ではみんなが戦っている）

実戦の空気と緊張感に当てられたのか、沙月は神妙な顔で押し黙り続けていた。考えているのは、外で戦っている者達のことだ。

そして――、

(私は安全な部屋の中に避難している。私は勇者なのに……)

自分のことだ。

サラとアルマは自分よりも年下の女の子だ。セリアは年上だが、年下の少女みたいに儚い女性だ。そんな彼女達が外で戦っているのに、勇者である自分はセーフルームに避難している。

(それでいいの? 私は……、私も、戦うべきなんじゃないの? サラちゃんも、アルマちゃんも、セリアさんも、大切な友達なのに……。ルイーズさん達とだって仲良くなったのに……)

沙月は今、先ほどサラ達が屋敷の外へ見張りに出て行った時に、自分も一緒に外で見張りをするとは言い出せなかったことを後悔していた。

あの時点では実際に屋敷へ魔物が押し寄せてくるとはわからなかったし、美春の傍にいるのが正しいと判断したが、本当は怖かったのかもしれない。

この世界に来てから槍の鍛錬をしたり、最近ではサラ達と手合わせをしたりもしていた沙月だが、それは殺し合いを想定してのことではなかった。あくまでもスポーツの延長線上で手合わせを行っていたのだ。

あるいは、安全なお城の中では殺し合いを意識することはないから、自分がどうして鍛錬を積むのか、いつか戦う時がくるかもしれないと理解しつつも、その意味から目を逸らして漠然と鍛錬してきたといった方が正確かもしれない。

だが今、沙月は明確に命のやりとりがあることを意識した上で、自分も戦った方がいいのではないかと考えている。

何が彼女をそう思わせているのかといえば――、

(すぐ傍で大切な友達が戦っているのに、私は勇者で戦う力があるのに、安全な場所で隠れている。これじゃ戦いが終わった後に、外にいるみんなに顔向けできないよ……。勇者である資格もない)

親しい友人達がすぐ傍で命のやりとりを行っていることを、否が応でも意識してしまうからだ。端的に言えば実戦の空気に当てられて思い詰めているといってもいい。

こういった命のやりとりが間近で行われているのは、美春と再会したあの夜会の時に侵入してきた賊をリオが退けた時以来だろう。ただ、あの時はリオの活躍もあってほんの一分ほどで賊が鎮圧されてしまったし、後味の悪さは残ってもここまで実戦の空気に当てられて思い詰めることはなかった。

今もなお、戦闘音が外で鳴り響いている。だから……！

と、思ったところで――、

「……大丈夫ですか、沙月さん？」

沙月の顔色がよろしくないことに気づいたのだろう。

美春が気遣うように声をかけた。

「美春ちゃん、えっと……」

沙月は意を決したような顔で、口を開こうとする。と――、

「今からでも外に出て、自分も一緒に戦うと言いだしかねない表情ですね」

シャルロットが機先を制して沙月の心情を言い当てた。沙月を外に出すことには反対なのか、どうしたものかと言わんばかりに、悩ましそうに溜息を漏らしている。外から戦闘音が聞こえなくなったのは、その直後のことだった。

◇　◇　◇

「何か新たにわかったことはあるか？」

国王フランソワは王城の空中庭園に臨時の指揮所を構えていた。城の敷地内に大勢の魔物が侵入している現状において、王城の敷地を一望できる屋上の庭園は指揮所を構えるのに絶好のポイントである。

空中庭園は普段ならば王族と招かれた者以外の立ち入りが禁止されている場所だが、今は大勢の戦闘員達が出入りしていた。庭園の上空にはグリフォンに乗った空挺騎士達が飛行しており、空への警戒も強めている。

「降り立った魔物は一種類のみ。いずれの個体も身体能力を強化した騎士が手こずるほどの強さを秘めているとのこと」

「概算ですが、数百の魔物が侵入しているようです」

「大半は敷地内で騎士達と交戦中ですが、一部は城の中にも入り込んだとのこと。確認された個体は仕留めたようですが、念のために城内の探索にも人員を割いています」

などと、何名もの騎士で守りを固められたフランソワのもとへ、状況を報告しに騎士達が続々とやってきている。

フランソワがうむ、うむと頷きながら必要に応じて指示を出していると、新たに五個の黒い球体が城の敷地内、リオの屋敷の傍に落下してきて、派手な音を立てた。

「なんだ、今の音は⁉　まさか⁉」

さらに魔物が増えたのか!? と、フランソワが音の発生した方角を急ぎ振り向くが、あいにくと今立っている場所からではリオの屋敷付近を視認することはできない。

するとややあって――、

「ほ、報告! アマカワ卿の屋敷付近に大量の魔物が降り注いだようです!」

上空を旋回していたグリフォンが急いで降下してきた。騎乗していた空挺騎士が慌てて報告を行う。

「何だと? いかん、控えの空挺騎士の二個小隊を直ちに向かわせろ。可能なら空中からの攻撃支援。並行して屋敷にいる要人達の護衛を行え! 詳細は現場にいるであろうシャルロットの指示に従うんだ」

と、フランソワは予備選力として空中庭園の一角に控えている空挺騎士達に視線を向けながら、急ぎ指示を出した。

空挺騎士一個小隊の人数は四人なので、二個小隊で八人だ。

現在、屋上庭園には四十人強の空挺騎士が予備選力として待機しているので、その四分の一近くが動くことになる。

「はっ!」

報告を行った空挺騎士は手綱を引くと、グリフォンを羽ばたかせて控えの空挺騎士達のもとへ指示を出しに行く。

（……何が起きているというのだ？）

フランソワは険しい眼差しで頭上を睨む。そこには雲が浮かぶ穏やか青空が広がっている。他に目に映るものといえばグリフォンに跨がる空挺騎士達の姿だ。

先ほどから空挺騎士には上空の探索も行わせている。日常生活で人が目にする鳥は高さ十数メートルから数十メートルの位置を飛んでいることが多いが、空挺騎士が使役するグリフォンもその程度の高さを保って飛ぶことが多い。

グリフォンが自力で空を飛んで上昇しようとした場合、限界まで高度を取れば一時的に二百メートル程度の位置まで上昇が可能だ。これは現代地球のビルで例えるなら六十階程度の高さであり、探索に向かった空挺騎士達もその程度の高さまでは当然探索を行っている。しかし、いまだにこれといった報告は上がってきていない。

現時点でわかっているのは、魔物達が何かしらの球体に閉じ込められた状態で落下してきたということだけだ。

（アマンドでの魔物の動きも相当妙であったと聞いてはいるが、魔物がこんな襲撃をするなど聞いたこともない。魔物が封じられていた黒い球体とは何かの魔道具か？）

だとすれば、これは人為的な襲撃ということになる。つまりは、何かしらの明確な達成目的があって、黒い球体型の魔道具を城内に向けて放ったということだ。

(肉眼では視認できないほど遥かに高い位置、あるいは雲の中にでも隠れているのか、はたまた外から魔道具を射出して城内に落下させたのか……。いずれにせよ、なんの証拠もないのは業腹であるな)

そこまで思考を巡らせ、眉をひそめるフランソワだが——、

「付いてこい」

自らの目でもリオの屋敷付近の様子を確認したかったのだろう。フランソワは護衛の騎士達を従え、屋敷を見下ろせる位置へと早足に歩き始めた。

それから、ほんの二、三分後。
リオが所持する屋敷の傍で。
「はあああっ!」
サラが地面から氷の槍を生やしてレヴァナント達を牽制しつつ、目にも止まらぬ素早い動きで急接近しては相手を蹴り飛ばしたり、手にしたダガーを振るってその首を切り飛ば

したりしていた。そして――、

「ふんっ！　はぁっ！」

　小柄な見た目からは想像もできぬ怪力で悠々とメイスを振るい、敵を吹き飛ばし仕留めているアルマ。ぴょんぴょんという擬音が似合いそうな軽快な身のこなしで、猛接近してくるレヴァナント達を見事に捌いていた。

　一方で、セリアは宙空に多重展開させている魔法陣から氷の槍を放ち、障害物として設置した土壁の隙間から飛び出してくる敵を殲滅している。

　当初は六十体もレヴァナント達だが、既に十体以下まで数を減らしていた。セリアが最初に築き上げた地形条件を見事に有効活用した成果だ。

「ガァァァァッ！」

　レヴァナント達の瞳はおよそ理性があるとは思えぬ妖しい光を灯していた。思うように攻め切れていないからか、怒気たっぷりに喚き散らしている。

　しかし、いくら血気盛んに叫んでも、数が減っている事実は変わらない。レヴァナント達の勢いは明らかに衰えていた。

「そろそろ打ち止めのようですね！」

「こっちは今見えている個体で最後のようです！」

「中央も壁の向こうに魔物の姿が見えなくなったわ！」

左右から飛び出してくるレヴァナントがいなくなり、サラとアルマとセリアが順番に情報を口にする。それから先の流れは実にスムーズだった。まずはセリアが殲滅を完了し、サラとアルマも少し遅れて最後のレヴァナントを仕留める。

「……もう魔物はいないようですね」

サラが土壁の向こう側を覗き込んで報告した。それからアルマと一緒に、セリア達がいるところまで近づいてくる。

「まさかアレほど大量の魔物をこうも早く殲滅してしまうとは、三人とも実にお見事でした。こちらは見ているだけでとても申し訳なかったのですが……」

ルイーズが戦った三人を称賛しつつ恐縮した。

「いえ、後ろの守りを固めてもらっていたので安心して戦えました」

サラが笑顔で応じる。

「私も安心して魔法を使えました。あ、ねえ、アルマ」

「はい、何でしょう？」

ふと思い出したようにセリアから声をかけられ、アルマが首を傾げた。

「この土壁、貴方のメイスで元に戻せる？」

敵の接近を塞ぎ止めるのに必要だったとはいえ、このまま放置するのはまずいと思ったのだろう。先ほどまでレヴァナント達がいた方向を見るセリア。そちらには戦闘の最初にセリアが設置した大きな土壁があり、そのさらに奥には城の建物がそびえている。大量に魔力を使用して頑丈に作ったこの壁だが、発動して時間が経った今では破壊する以外には魔法で撤去することはできない。が、精霊術なら地面を操ることで自由にしまうことができる。

セリアがあえてメイスで、と言ったのは、ルイーズ達には精霊術のことを教えていないからだ。アルマのメイスはいわゆる強力な魔剣の一種であり、その能力で地面を操ることができるのだと伝えてある。

「ええ、できますよ。見晴らしが悪くなりますし、今のうちに元に戻しましょう」

「ありがとう。ごめんなさいね、手間をかけて」

「いえ、この土壁のおかげで戦いがグッと楽になりましたから」

では早速――と、アルマは土壁に近づいていく。

「まだ他の場所では戦闘が続いているようなので油断はできませんね。私は屋根上で周辺を見張ってきます」

「うん、頼むわね」

サラは軽やかに建物の上へと登っていった。

奇襲が最も成功しやすいのは相手が油断しているタイミングである。つまりは戦闘の終了したこの瞬間は非常に奇襲が成功しやすい状況なのだ。そのことを理解しているがゆえの行動である。

だが、練度の高い戦士が簡単には油断しないことなど、百戦錬磨の傭兵であればよく理解していることだ。だからこそ、より周到に狡猾な作戦を立て、奇襲を仕掛けるタイミングを観察し、臨機応変に襲撃を仕掛ける。

「グリフォンに乗った騎士の人達が接近してきます」

サラが上空を指さしながら、屋根のから地上にいるセリア達に向けて呼びかける。一同の視線もそちらに移る。

戦況を把握するべくツーマンセルの分隊でグリフォンに乗って飛行している騎士達の姿が遠目にちらほらと映るが、接近してくる部隊は二個小隊で合計八人の編制であり、接近してくることもあって殊更に目立った。

「援軍が来るみたいですね。頃合いです。おい、姫様達に状況を報告しにいけ」

ルイーズはサラにも聞こえるように答えてから、女性騎士の一人に指示を出した。この瞬間、増援が到着したことでより盤石な防衛体制を構築できると考え、場の緊張がわずか

でも緩んだのは仕方がないことなのかもしれない。一方で――、

「……あの、頭上から急降下してくる部隊も味方ですか？　ずいぶんと数が多いし、かなり高い位置からこちらに近づいてきているみたいですが……」

サラが怪訝な顔で遥か上空を指さしながら、追加で問いかけた。他の空挺騎士達がせいぜい高さ数十メートル程度の位置を飛行しているのに対し、サラが指さす先にいるグリフォンの部隊はいったいどうやってそんな位置まで到達したのか、数百メートルほどの高さにいる。

が、重力に委ねて急降下しているのか、その姿はどんどん大きくなっていく。比較的早期に発見できたのは、また魔物が封じられた球体が降ってこないかと身体強化で視力を強化したまま上空を警戒していたからだ。

「確かに、妙だな……」

遥か上空にいる部隊を見据えて凝視するルイーズ。グリフォンの数は五十で、空挺部隊としては三個中隊規模に当たる結構な大部隊だ。そんな数の部隊がどうして自力飛行では到達できないような高度から急降下してきているというのか。

「《身体能力強化魔法》。アレは……」

ルイーズはすぐに魔法で視力を強化し、その姿をよく映そうとよく目を凝らした。する

と、ルイーズの瞳がガルアーク王国の空挺騎士とは異なる戦闘服に身を包んだ戦士達の姿を捉える。

グリフォンに騎乗する謎の部隊の戦士達は何か呪文を唱えたらしい。急降下する彼の眼前に魔法陣が続々と展開される。直後――、

「……違う！　アレは我が国の空挺騎士ではない！」

「アルマ、防御を！」

ルイーズとサラが顔色を変えて慌てて叫ぶ。ほぼ同時に、地上めがけて無数の光弾の雨が降り注ぎ始めた。

【第三章】 ❖ 天上の獅子団

天上の獅子団。今は亡きルシウス＝オルグィーユという男が団長を務めていた百戦錬磨の傭兵団である。

現在、その団服に身を包んだ傭兵五十人が、ガルアーク王国城めがけて奇襲を仕掛けていた。勢いよく降下しつつ、上空二百数十メートルの位置から光弾を射出する魔法で地上への制圧射撃を開始している。

光弾一つ一つのサイズは直径数センチ。実際には魔力のエネルギー弾なのだが、質量一キロ弱の硬質な球体が時速三百キロメートルで射出されると考えればよい。そんな攻撃を五十人で地上へ向けて連射し続けている。

光弾は雨と化し、瞬く間に地上へと接近した。狙いは屋敷の屋根に立つサラと、屋敷の傍に固まっているセリアやアルマ達、そしてフランソワが派遣した空挺騎士二個小隊と、人数比に応じて綺麗に分散している。

「はあああっ！」

サラとアルマは咄嗟に巨大な魔力の障壁を頭上に展開し、降り注いできた光弾を受け止めていた。サラは屋敷への被害を最小限に防ぐため、アルマは周りにいるセリア達を守るためだ。かくして見事に攻撃を防いだわけだが――、

「がぁっ⁉」

「ギュァアア⁉」

援軍の空挺騎士達は頭上からの攻撃に対して無防備だった。騎乗している騎士やグリフォンに攻撃が直撃し、痛みの悲鳴を上げる。

当たり所が悪かった騎士は意識を失い、グリフォンは痛みで暴れだし、命綱はついているものの鞍から転げ落ちる者が続々と現れる。やがて攻撃は止んだが、無事に飛行している者は一人もいない。阿鼻叫喚の光景だった。

「ぐっ……」

落下していく空挺騎士やグリフォンを為す術もなく眺めるサラやアルマ達。未だ攻撃は絶え間なく降り注いでおり、障壁の展開を強いられていた。そうこうしている間に、襲撃者達はだいぶ地上へと接近していた。

（ちっ、本命共は無傷か。初撃は防がれる可能性が高いとレイスの旦那は言っていたが、気絶している奴が一人でもいれば楽だったんだがな……）

天上の獅子団に所属する傭兵の一人、アレインが忌々しげに舌打ちする。が、すぐに気持ちを切り替えたのか――、

「作戦通りだ！　ルッチ、テメエの班は外！　ヴェン、お前の班は屋敷の中！　俺の班は遊撃隊だ。地上から屋敷に近づいてくる城の騎士共を足止めする。行くぞ！」

と、周囲を飛行する仲間達に指示を出した。

「おう！」

傭兵達の動きは実に素早い。アレインを含む三十人が引き続き上空から制圧射撃を継続しつつ、他の者達が二手に分かれて地上へと降下していく。ルッチを含む十二人は先ほどセリアが展開した土壁の傍に、ヴェンを含む八人は屋敷の正面口へ接近していた。

「くっ、屋敷の中に敵が……！」

頭上から光弾を放つ者の数こそ減ったが、制圧射撃自体はまだ継続しているため、サラは障壁を張り続けるのを余儀なくされていた。

（私のことは完全に放置……。もしかして、狙いはお姫様達ですか⁉　まずいです！）

サラは傭兵達の狙いが屋敷の中にあるのだと推察し――、

「っ、私は屋敷の中の援護に向かいます！　外は任せました！」

地上にいるセリアやアルマ達に、屋敷に引っ込む旨を伝達した。

「お願い、サラ！」

セリアからの返事がすぐに戻ってくる。そうこうしている間もサラの行動を阻止するように追加の光弾が降り注いできているが――、

（部隊が分散した分、私への攻撃がだいぶ緩んでいる。これなら……！）

サラは障壁を展開させながら、いくつも氷槍を周辺に展開させた。かと思えば、それらを左右に射出する。放たれた氷槍は弧を描くように上空へと向かっていった。サラが精霊術で軌道をコントロールしているのだ。誘導している先はもちろん、先ほどからサラを狙って光弾を撃ってきている傭兵達である。

「ちっ」

狙われた傭兵達は舌打ちしながら旋回し、氷槍を躱した。

その間、サラへの光弾の狙いがブレる。

「今です！」

サラは攻撃が緩んだわずかな間を見逃さず、その隙に一階に降りて窓から屋敷の中に突入していった。

◇　◇　◇

サラが屋敷へ戻っていった一方で、ルッチが率いる傭兵達も地上へ降下していた。

「くっ、私が出した土壁の向こうに……！」

セリアが悔しがる。着地際は隙が大きくなるから、魔法で攻撃されることを警戒して射線を切ったのだろう。

戦闘における地形の扱い方をよく心得ている立ち回りといい、入念に作戦を立てた上で奇襲を仕掛けているとしか思えない行動といい、がむしゃらに突撃してきた先ほどのレヴァナント達とは比べものにならない強敵であるのは明らかだった。だから――、

「《術式四重奏・魔力砲撃魔法》」

セリアは自分が展開した土壁二つを見据え、攻撃魔法の呪文を詠唱した。魔力砲撃魔法は高威力の魔力砲を放つ魔法であり、殺傷性が極めて高い。もしかしたら死人が出るかもしれないという予見が、セリアの脳裏によぎる。だが――、

（……加減している場合じゃないわ！）

ここで躊躇っていたら、自分達の誰か確実に死んでしまう。セリアは全速力で魔力を操作することにした。三秒近くかけて、合計四つの魔法陣が眼前に広がっていく。とはいえすぐには魔法を放たず――、

「《威力強化（パワーエンハンスメント）》《一斉射撃（フルバースト）》」

と、追加で呪文（じゅもん）を力強く叫んだ。

すると、展開された魔法陣の輝（かがや）きがいずれも増していく。次の瞬間、四つの魔法陣から強力な光の砲撃（ほうげき）が一斉（いっせい）発射された。

狙（ねら）う先はもちろん、セリアが作った左右に並ぶ巨大（きょだい）な土壁（つちかべ）二つだ。光の先端（せんたん）が衝突（しょうとつ）すると、派手な爆発音（ばくはつおん）が鳴り響（ひび）く。

セリアは砲撃の軌道を操作して表面をなぞることで、念入りに土壁の破壊を行おうとした。実際、向こう側にいる者達を生き埋（いう）めにするように、土壁はガラガラと音を立てて崩（くず）れ落ちていく。

「おお！」

と、騎士達が歓声（かんせい）を漏（も）らす。

その直後のことだ。

ぶわりと、崩落（ほうらく）した瓦礫（がれき）が勢いよく吹（ふ）き飛んできた。それから――、

「っ、きゃあ⁉」

セリアが放った光の砲撃四つをまるごと呑（の）み込むように、壁（かべ）の向こうから闇（やみ）の奔流（ほんりゅう）と吹き荒（あ）れる強風が押（お）し寄せてくる。

「くっ……！」

衝撃で皆、怯んでしまう。が、アルマは咄嗟に、頭上に展開させていた魔力の障壁を前方にも拡張させた。それで押し寄せる強風を塞ぎ止める。吹き飛ばされてきた瓦礫も障壁と衝突したが、粉砕してはじけ飛んだ。

やがて強風は止んだが、土埃が舞い上がり、視界が極めて悪くなっている。これでは傭兵達もセリア達の姿を視認できないだろう。そんな中で――、

「は、は、ははははっ！」

壁があった方向から、大きく哄笑して歓喜している男の声が響いてきた。それは大柄な傭兵の男、ルッチの声だ。

「すげえっ！　すげえぞ、この剣は！　団長の形見は！」

ルッチは狂気すら感じる熱のこもった瞳で、手にした漆黒の剣を見下ろし不気味に笑っていた。

「くっ……、アルマ、敵を牽制して視界を確保するわ。いったん前方の障壁を解除して」

「はい！」

「《旋風魔法》」

セリアは視界を確保しつつ敵を牽制するため、新たな魔法を使用した。魔法陣から渦巻

き状の風が前方に放たれ、土埃を巻き上げながら進んでいく。しかし――、

「しゃらくせえっ！」

またしても前方から闇の衝撃波が吹き荒れた。ルッチが手にした剣を振るったのだ。セリアの放った旋風魔法は軽々と薙ぎ払われてしまう。

それに伴い、視界も急速に晴れていく。土壁も崩れ落ちたので、ここでようやく両者は互いの姿を捉えることになった。視線の先には、漆黒の戦闘服を着用した傭兵十二人が並び立っていて――、

「な、何なの……？」

セリアは不安そうに身を震わせる。が――、

「総員、抜剣！　身体能力を強化しろ！」

ルイーズが剣を抜き放ち、即座に戦闘態勢に移る。「《身体能力強化魔法》」と呪文を詠唱すると、彼女の部下六人がそれに続く。

お互いの位置関係も把握しないまま闇雲に動き出すのは悪手だが、視界が晴れた以上はいつ戦闘が始まってもおかしくない。

「っ、障壁を張るのを変わるわ、アルマ。《魔力障壁魔法》」

セリアも慌てて呪文を詠唱した。アルマの展開した障壁の内側に重ねがけするように、

物理攻撃や攻撃魔法を防ぎ止める魔力障壁を形成する。

障壁を張っている間は身動きが取りづらくなるから、動けない魔道士である自分よりも機動力の高いアルマを自由にしようと考えたのだろう。

サラが屋敷の中に入ってから攻撃が降ってこなくなったが、いつ上から狙ってくるかわからない以上は障壁を張り続けておく必要がある。制空権を押さえられるというのはそういうことだ。

「お願いします」

アルマは頷いて自分が展開していた障壁を解除すると、前方に立つルッチ達を睥睨しながら前方に進んだ。傭兵達も手にした武器を構えている。そうして、一触即発な雰囲気が漂う中――、

「ははは っ」

何がおかしいのか、ルッチだけは愉快そうに堪えきれぬ笑い声を漏らしていた。それが実に不気味で、セリア達は顔をしかめる。

「セリアさん、気づいていますか？」

アルマがルッチ達を見据えたまま、セリアに囁きかけた。

「……何を？」

「あの黒い剣を持っている男、以前にクリスティーナ王女をロダニアへ送り届けた時に国境際で襲ってきた一味の一人です」

実際にアルマは対峙したから、よく印象に残っているのだろう。

「あっ……！」

セリアはハッと息を呑む。

「はっ、こっちの素性は察したみたいだな。わかりやすいようにわざわざ団服まで着て出向いてやったわけだしな。おい、あの時の続きといこうぜ」

と、ルッチは素性を隠そうともせず、剣を向けながらアルマに呼びかけた。あの時はアルマが勝利したわけだが、今度は自分が勝つとでも言わんばかりに挑発的な態度だ。

（あの団服、どこの国の空挺騎士？　いや、名の知れた傭兵団か？　いずれにせよ、わざわざ所属を明らかにして城に奇襲してくるとは……）

相手の素性を知らぬルイーズはそんな推察をする。ガルアーク王国の騎士達が同一デザインの騎士服を着用しているように、今のルッチ達も同じデザインの戦闘服を着用しているからだ。と、まあそれはともかく――、

「あのメイスを持ったガキと、障壁を張っているちっこい魔道士の女がターゲットで間違いないな、ルッチ？」

傍にいた傭兵の一人がルッチに確かめる。彼らの中でアルマとセリアの顔を知っているのはルッチだけなのだ。

「ああ、事前の打ち合わせ通りだ。お前らは魔道士の女を狙え。周りの雑魚どもも譲ってやる。メイスを持っているガキはお前らの手には余るからな、俺の得物だ」

「団長の魔剣を譲り受けたからって調子に乗りやがって……」

不機嫌さを隠さぬ声でぼやく。周りの傭兵達も面白くなさそうにルッチが手にした漆黒の魔剣を見ていた。

「適合したのは俺だけだったからな」

ルッチが勝ち誇ったように返す。実際、ルシウスが生前に使っていた漆黒の魔剣は強力だった。その力はつい今しがた目の当たりにしたばかりである。ルッチの気持ちが高ぶっているのも無理はないのかもしれない。が――、

「ちっ……、誰か一人でも人質を取れば任務達成だってことを忘れるなよ」

身の丈に合わない力を振るって熱くなりすぎるあまり、任務遂行を忘れるなよと、男は皮肉を込めてルッチに告げた。

「あん？　何のためにここへ来たと思っていやがる？」

団長を殺したあの野郎に報復をするためだと、顔をしかめて皮肉を言ってきた仲間を睨

んだルッチだが――、

「敵の増援が来るまでに終わらせてやる。お前らは俺の後に続け」

気持ちを切り替えたのか、すぐにアルマへ視線を戻し、臨戦態勢になる。

「では、セリアさん」

敵が動き出すのを予感し、アルマが前を見たまま後ろに立つセリアに呼びかける。アルマ達も最小限の話し合いで作戦を立てていたのだ。

「ええ」

前方と頭上に向けて魔力障壁を展開していたセリアだったが、前方部分を消した。すると、アルマがそのまま障壁の外に進んでいく。

続いて、ルイーズと女性騎士達がセリアの前に立つ。すると、セリアが障壁の形を操って、女性騎士達が並び立つ前方部分にだけ穴を開けたドーム状の障壁に変化させた。

アルマはそれを確認すると、メイスの石突きでトンと地面を突く。直後、アルマの後ろに並び立つ女性騎士達の眼前に高さ一メートル強の分厚い壁が隆起し、セリアが意図的に開けた障壁の空洞を部分的に埋める。

「…………」

互いに広範囲の大技を放てることは確認済みだ。無策で突っ込めば格好の的になりかねないので、必然的に警戒し合って睨み合うことになる。

が、ここが敵陣である以上、時間が経てば不利になるのは襲撃者の側だ。沈黙はすぐに破られることになる。

「行くぞ！」「来ます！」

ルッチとアルマが同時に叫んだ。続けて、ルッチがアルマめがけて駆けだす。少し遅れて傭兵達もルッチの背中を追った。

（……速い）

魔法で身体能力を強化しただけでは出せない速度だ。おそらく全員が身体能力だけでなく肉体も強化可能な魔剣を所持している。中でもルッチの動きは群を抜いていた。他の者達よりも一段以上速い。

が、身体能力と肉体を強化できるのはアルマも同じだ。だからこそ、傭兵達の初動を正確に捉えた。

（やはりこの布陣で正解でしたね）

魔法による身体能力の強化しかできない騎士達では速度についていけなかったはずだ。

以前にルッチ、アレイン、ヴェンと交戦した時に三人とも身体強化が可能な魔剣を所持していたので、もしかしたらこの場にいる者達も同等の品を持っているのではないかと危惧して騎士達にはあえて後ろに下がってもらうことにしたのだ。

「はあっ！」

アルマは真っ向から突っ込む。

次の瞬間には、ルッチを間合いに捉えていた。

しかし、それはルッチも同じである。

互いに武器を振るい、甲高い金属音が鳴り響く。

ドワーフ特有の剛力で押し切ろうとしたアルマだったが、思っていた以上にルッチの腕力も優れていた。というより、明らかに前回戦った時よりも膂力が増している。新たに手にしたルシウスの魔剣により、強力な身体強化を施しているのがわかった。結果――、

「っ……」

「相変わらずとんでもねえ馬鹿力だな、おい！」

アルマの膂力がわずかに勝り、ルッチを後方へと押し返す。とはいえ、体勢を崩すまでには至らず、ルッチは間髪を容れずに再突進してきた。ただ――、

「遅えぞ、ルッチ！」

押し返されたのは事実で、その間にルッチの両脇を傭兵二人が通り過ぎていく。そのままアルマに斬りかかった。

「おい、てめえら！」

俺の得物だぞ！　と、ルッチは声を荒らげる。

（もとより誰にも正面突破をさせるつもりはありません！）

どれだけ数が多かろうと望むところだと言わんばかりに、アルマはメイスを力強く地面に叩きつけた。地面が粉砕し、石つぶての交じった衝撃波が吹き荒れる。

「ぐおっ」

「邪魔だ！」

堪らずバックステップする傭兵二人と入れ替わる形で再びルッチが突っ込んできた。

「来させません！」

アルマはメイスを叩きつけた状態で地面に魔力を流し込み、眼前にハリネズミのように無数の土槍を隆起させた。しかし――、

「おっかねえなあ」

ルッチが振るった剣からドス黒い闇があふれ出し、隆起した土の槍をごっそりと削り取ってしまう。そして、返す刀で障害物などなかったかのようにアルマへと剣を振るった。

「っ！」

アルマは咄嗟にメイスを構え、ルッチの剣撃を防ぐ。

「こいつは俺の得物だ！　テメエらは両側から攻めろ！」

ルッチが背後の傭兵達に怒鳴りつける。

「ちっ！」

不服そうに顔をしかめる傭兵もいたが、反発心よりも目的の達成を優先した。言われた通りに両脇へと展開し、アルマを素通りしてセリア達を狙おうとする。と――、

「今だ！」

「《火球魔法》」

「《雷球魔法》」

ルイーズの指示により、女性騎士二人が障壁の前方にある隙間から攻撃魔法を両サイドに向けて放った。本職の魔道士ほど多才に魔法を扱えるわけではないが、騎士も下級の攻撃魔法くらいは扱うことはできるのだ。そして、殊対人戦闘に限れば、下級の攻撃魔法でもマン・ストッピングパワーは必要十分に有している。

障壁の内側にいれば外側からの攻撃を防げる反面、内側から外側への攻撃もできなくなってしまう。だからこそ、セリアは意図的に障壁の前方を空洞にしたのだ。そして、アルマが遮蔽物として背の低い土壁を用意した。

こうして中央突破しようとする敵をアルマが塞ぎ止め、左右から回り込んでこようとす

る敵をルイーズ達が魔法で弾幕を張って処理するのが、先ほどセリア達が咄嗟に立てた作戦だった。ただ――、

「ちっ」

いわゆるボール系の攻撃魔法は下級の中では特に殺傷力が高い魔法だが、威力が高い反面、弾速がそこまで速くない。魔剣で身体強化を施している手練れを相手に狙った通りに直撃させるのは難しかった。傭兵達は着弾点から後退するなり迂回するなどして、魔法の効果範囲から逃れてしまう。

「《光弾魔法》」

攻撃を避けた傭兵達を狙って、別の女性騎士二人が光弾を放つ魔法を使用した。威力はボール系統の攻撃魔法に及ばないが、弾速で大きく勝るのがバレット系の魔法である。中でも光弾魔法の弾速は群を抜いている。とはいえ――、

「面倒くせえな」

「雑魚かと思ったが、流石に練度が高え」

「おそらくはエリートの騎士共だ。舐めてかかるんじゃねえ！」

それでも傭兵達に攻撃魔法を命中させることは敵わない。悪態をつく程度には余裕のある動きで飛んでくる魔法を回避していた。

一方で、アルマとルッチはメイスと剣をぶつけ合い、死闘を繰り広げている。

「おらっ！」

ルッチは前に戦った時よりも明らかに強くなっていた。基礎的な技術が上がったというわけではないが、身体的な能力が格段に上がっているのだ。

アルマの方がまだわずかに膂力は上回っているが、速度は遜色ない。そして、対人戦闘に慣れているのは明らかにルッチだった。傭兵としての戦闘経験は伊達ではない。

（私が何人か敵を引きつけるはずだったのに！）

現状、たった一人しか足止めできていないと、歯噛みするアルマ。ここら辺はまだまだ実戦経験が不足しているがゆえの未熟さである。

「はっ、守りを固めて時間稼ぎってか。だが、そう長く続くかねえ」

ルッチは剣を振るいながら、焦りを滲ませているアルマを見透かすように煽った。

「くっ……」

実際、状況はよろしくない。襲撃者達は実力者揃いと名高い天上の獅子団に所属する傭兵達だ。障壁を張って弾幕を張ることで前方からの接近を避けているが、傭兵達も大人しく打たれ続けているわけではない。

「《光弾魔法》」

弾幕を躱しながら、傭兵達が反撃の光弾を放つ。狙うのはもちろん、空洞になっている障壁の前方である。

アルマが設置した土壁が遮蔽物となっていくらかの攻撃を防ぐが、女性騎士達が土壁から上半身を出して魔法を放つ分の隙間はある。そこから障壁の内部へといくつかの光弾が入り込んでいった。障壁の内側に着弾し、光弾がはじけ飛ぶ。

「くっ、セリア様、屈んでください」

「は、はい」

ルイーズに指示され、セリアが身を屈める。

魔法の打ち合いにおいて重要な存在が遮蔽物だ。遮蔽物越しに魔法を放てば、胴体を隠している面積に応じて被弾のリスクが減る。

「頭は低くしても攻撃の手は緩めるな！　魔力が尽きるまで魔法を打ち続けろ！」

「はい！」

女性騎士達も身を低くして土壁越しに弾幕を張り続けるが、頭を下げれば当然、見晴らしは悪くなるので狙いも甘くなる。それで傭兵達も動きやすくなってしまった。

「よし、後ろにも回り込め！」

「こんだけ馬鹿でかい障壁だ。燃費は悪いぞ！」

「どんどん攻撃して障壁を壊せ！」

やがて傭兵達は障壁を取り囲み、外側から障壁に攻撃を加え始めた。

「っ……」

明確な悪意を持った者達が障壁に攻撃魔法を放ったり、剣で障壁を叩きつけたりしている姿を見て、セリアの顔にも焦りが滲んでいく。

確かに、魔力で障壁を張れば外部からの攻撃を防ぐことができるし、障壁をすり抜けて敵に侵入されることもないから、強力な防御手段であることに違いはない。

だが、防御手段としてのコスパはかなり悪い。障壁を張り続けるだけで魔力を消費し続けるし、攻撃を防ぐことでも魔力を消費するからだ。展開面積を広げれば魔力の消耗は加速度的に増えていくし、魔力が足りなければ障壁の強度はもろくなる。

魔力の消耗を最小限に抑えたければ、迫ってくる攻撃に対して必要な強度と面積に絞ってピンポイントに障壁を展開しなければならないが、それができれば苦労はしない。大抵は攻撃を防ぐために多めの魔力を注入せざるをえないし、面積を広くして障壁を展開せざるをえないからだ。だから、攻撃を防ぐのにどうしても必要以上の魔力を消耗せざるをえない。相手の攻撃を避けられない時以外には、実戦で使用するべき魔法ではないのだ。

並みの魔道士よりは遥かに魔力量が多いセリアだが、十人以上の傭兵に取り囲まれて攻撃を加えられ続けたらまずいのは明らかである。現状を例えるなら、栓を抜いた状態で湯船に浸かるようなものだった。障壁を維持するのに必要な魔力が尽きた瞬間、敵が一斉になだれ込んできてセリア達は全滅する。

（だ、大丈夫……。リオから貰った精霊石の魔力もあるし、これだけの騒ぎになっているんだもの。援軍が来てくれるはず。それまで持ちこたえないと……！）

今、この場にはリオがいない。その事実が重くのしかかる。だが、リオがいなくても大丈夫だと示すために、戦いに参加したのだ。セリアはリオから貰った精霊石を握り締めながら、大丈夫だと必死に自分へ言い聞かせた。

そんなセリアの姿は戦うアルマの視界にも入っていて――、

（……こうなったら、やむを得ません！）

とある決意をさせた。一つ、アルマにはこの状況を打開しうるかもしれない隠し球がある。可能ならば伏せておきたい。いや、極力伏せておけと里から厳命を受けているからこその隠し球だが、その隠し球をここで登場させなければ取り返しの付かないことになりかねない。だから――、

（……イフリータ！）

アルマは自分と契約している中位精霊の名を、心の中で叫ぶ。と、巨大な獅子の幻獣が

姿を現す。

直後、イフリータは障壁を囲む傭兵の一人めがけて、勢いよく襲いかかった。

アルマがイフリータを出現させる前のことだ。

新たに現れた襲撃者達が人間であることは、お城の空中庭園にいる国王フランソワも把握していた。というより、現在進行形で推移を焦れったそうに眺めている。

地上での戦闘は明らかに押されているのが見える。屋敷の中に何人か突入していくのも見えたし、襲撃者のグリフォン部隊が空中を旋回し、リオの屋敷へ救援に駆けつけようとしている部隊の迎撃に当たっていた。

「舐めた真似を……」

フランソワは怒りと焦りを押し殺すべくギュッと奥歯を噛みしめる。喚いたところで現実が変わるわけではないし、何より国王である彼が家臣達の前で取り乱して叫んでは示しがつかないという矜持もあった。

それに、状況に対処するための必要な指示はとっくに出している。地上にいる騎士達はまだレヴァナント達の対処に当たっているので動かすことはできないが、空挺騎士達には現場に向かうよう命令していた。

ただ、傭兵達の襲撃に先立って発生したレヴァナント達の襲撃により、城内は極めて混乱しており、負傷者の搬送などの支援作業も行われている。王城には空挺騎士団の三分の一、六百人もの空挺騎士が駐屯しているが、指示を受けて現場へ向かうことができていたのは百人強しかいなかった。

が、それだけの数の空挺騎士達がリオの屋敷上空めがけて四方から続々と駆けつけているのも確かで、アレイン達も総出で迎撃に当たらざるをえなかった。そのため、セリア達がいる地点への制圧射撃をできなくなっているのが、現状での支援の成果だろうか。

アレイン達が率いる部隊は三十人で、一部の者は地上に降りて直接援軍の足止めを行っている。人数の上では自陣内であるガルアーク王国側が圧倒しているのだが、厄介なのは時折、空挺騎士達に向けて遥か上空から支援射撃が振ってくることだ。

加えて、地上に降下して手隙になったグリフォン達数十体が主人達を守ろうと上空での戦いに加わり始めた。そのため、まだ制空権をとるには至っていない。

空挺騎士達は頭上からの制圧射撃と、眼下から迫ってくる野放しのグリフォン達を気にしながらアレイン達と戦うことを余儀なくされており、思うように攻め切れていないのが

フランソワには見えていた。すると――、

「陛下！　襲撃者の素性がわかりました！　あの団服に刻まれている紋章は天上の獅子団と呼ばれる傭兵団のものである可能性が高いそうです」

護衛の騎士や魔道士達に守られたフランソワのもとに、報告の兵士がやってくる。ここで敵の正体が判明し――、

「なに？」

フランソワは何か気づいたように眉をひそめる。有名な傭兵団であるから名前くらいは耳にしたことがあった。
からではなく、その傭兵団の団長が親の敵としてリオに殺され、つい最近ではクリスティーナとフローラの誘拐を実行した主犯であったからだ。

「むう……」

今、傭兵達が攻めているのは彼らの団長を殺したリオが所持する屋敷だ。そして、中には以前にその団長が誘拐を行ったクリスティーナとフローラもいる。

果たして天上の獅子団にどういった思惑があってこの襲撃を仕掛けてきたのか、考えを巡らせて唸るフランソワだった。

◇◇◇

一方、ヴェンが率いる傭兵達が一階の正面口から屋敷に乗り込んで間もない頃。傭兵達が扉を一つ一つ開けて中を確認していたのに対し――、

「サラです！　開けてください！」

サラは屋敷の構造を把握しているアドバンテージを活かし、セーフルームに繋がる応接室の窓から直に室内に入ろうとした。ただ、いきなり突入すると敵と誤認される恐れがあるので、トントンと焦った手つきで窓をノックする。

室内に残っていた護衛の騎士は外の様子をそっと窺っていたらしく、いきなりサラが屋根から降りてきたことに驚きながらもすぐに窓を開けた。

セーフルームへ通じる入り口の前には神装の槍を手にした沙月とダガーを装備しているラティーファ、そしてヴァネッサが立っていた。沙月とラティーファはセーフルームの中にいたはずだが、戦闘が始まったことで防衛に加わったのだろうと判断すると――、

「……失礼します」

敵に位置を気取られるのを恐れ、サラは声を潜めて入室した。鼻の前にそっと人差し指を立てて、中にいる者達に静かにするよう訴えかける。

「サラちゃん」

窓からは外での戦闘を窺うことができるから、状況は把握しているのだろう。沙月は声を潜めながらも焦燥した面持ちでサラの名を呼んだ。すると、セーフルームにいる美春、クリスティーナ、フローラ、シャルロットも顔を出してきた。

「屋敷に敵が侵入しています。相手は……、魔物ではなく、人です」

「……う、うん。どうする？」

人が相手だと言われ、沙月の顔に不安の色が濃く滲んだ。他の皆も緊張しているのがよくわかる。ちょうど外では激闘が始まったところだった。

「……倒します」

サラは部屋の出入り口となる扉と、窓の外、そしてセーフルームに視線を向けてから、逡巡したように顔を曇らせて決断を下した。

「皆さんはこちらで引き続き守りを固めてください。そして――、私は部屋の外で敵を待ち受けます」

そう言って、通路に繋がる扉へ進んでいく。

「わ、私も行くわ」

と、沙月が慌てて同行を申し出た。が――、

「サツキさんの槍は取り回しが悪いので通路での戦いには向いていません。戦うならせめ

てこの部屋の中です。侵入してきた敵を八人確認しました。私が打ち漏らした敵がこの部屋に入ってきたら、その時はお願いします」

敵がこの部屋に踏み込んでくる可能性も多分にあります──と、サラは言外に伝えた。

「…………わかった」

沙月は上手く息を呑み込めなかったが、それでも頷いてみせた。すると──、

「通路に出たら左右から挟み撃ちにされる恐れもあります。我々は同行しましょう」

ルイーズの部下である女性騎士二人が腰の剣を抜きながら同行を申し出た。彼女達は室内専用に向いた刀身が短い剣を装備しているので、通路でも問題なく戦えるだろう。

「お願いします」

サラは短く返事をすると──、

「ラティーファもこの部屋に残ってください。もし敵が入り込んできたら、貴方とサツキさんが最後の防衛線です」

と、セーフルームへの入り口を見ながら、ラティーファに伝える。

「……うん」

ラティーファは硬い動きで首を縦に振った。ちょうどその時のことだ。屋敷の外でも戦いが始まったらしい。激しく武器をぶつけ合う音が聞こえてきた。

「私達が出たら鍵を閉めて、扉から離れてください。窓にも警戒を。では……」

サラは沙月達にそう言い残すと、女性騎士二人と顔を見合わせる。そして頷き合ってから通路の外に出た。

応接室があるのは一階の奥だ。玄関のあるホールへと通じる通路と食堂へと通じる通路があるため、両方向から敵が襲ってくる可能性がある。

「では、二手に分かれて通路を守りましょう」

と、サラが提案したところで――、

「……いたぞ！」

「一階の奥だ！」

玄関のホールに通じる通路沿いにあった扉の一つが開いて、傭兵が現れた。どうやら二人一組で行動しているらしいが、屋敷に侵入した他のみ方を呼び寄せようと大声を出す。

「っ、私が対応します。お二人は食堂に通じる通路の守りを！」

サラはそう言うや否や、傭兵二人に向かって突撃を開始した。

「銀髪のダガー使い！　気をつけろ！」

「水を操る魔剣か。はっ、面白え！」

などと、報告し合っている間に、傭兵達も抜剣して前に出ていた。前後斜めになるような位置関係でサラへと間合いを詰める。動き出しに迷いがない辺り、実に戦い慣れていることが窺えた。

サラのことは事前に交戦経験のあるアレイン、ルッチ、ヴェン達から説明を受けていたのだろう。当時、水の精霊術を使って三人を倒したので、水を操る魔剣を所持していると推察されていた。一方で――、

（私のことを知っている？　なら……！）

サラはまだこの時点では相手の素性を察することができておらず、自分の情報が相手にあることに戸惑っていた。が、だからといって動きにまで影響が出ることはない。というより、知られているなら隠す必要もないと思ったのか――、

「はあっ！」

二人を間合いに捉える数歩前で片方のダガーを振るい、初手から水の斬撃を横一文字に放った。室内へのダメージを意識しているのか威力は控え目だが、生身の人間が喰らえば鞭で叩かれたような痛みが走るだろう。

「おおっと！」

傭兵二人はスライディングをすることで軽やかに水の斬撃をかいくぐった。

（速いっ！）

魔法で身体能力を強化した騎士達では出せない速度だと、サラは二人の反応速度から推察した。屋敷に突入してきた傭兵達は外で戦っている傭兵達よりも刀身の短い剣を装備しているが。身体強化が可能な魔剣であることに違いはないのだ。

「おらっ！」

前を進む傭兵の一人がスライディングしながらサラの足めがけて剣を振るう。が、刃で足を切り落とそうとしたのではなく、剣の腹で叩きつけようとした。

「くっ」

サラは咄嗟にジャンプして攻撃を躱す。が――、

「そう来るよなぁ！」

もう一人の傭兵が同じく剣の腹で叩きつけるように、跳躍したサラめがけて剣を振るった。空でも飛ぶことができない限り、跳躍中はどうしても無防備になる。そのことを理解した上での即興、かつ、実に巧みな連携だった。この状態でサラにできることは手にしたダガーで攻撃を受け止めることしかない。はずだったが――、

「……あ？」

男の振るった剣がするりと空振りした。

文字通り、サラが空中でジャンプしたのだ。そのまま宙でバク転を決めて攻撃を躱し、

軽やかに後退しながら――、

「はあっ！」

スライディングを終えて剣を振るった傭兵二人に向かって、両手のダガーから精霊術を用いた斬撃を放った。

「くそっ！」「うおっ！」

斬撃を受け止めざるを得ないのは、傭兵達の方だった。咄嗟に体制を立て直して後ろに下がろうとするが、回避が間に合わず斬撃を切り払うことになる。

サラが放った一つは水の斬撃だった。切り払うことで水がはじけ飛び、男の手に鈍い衝撃が伝わる。そしてもう一つは氷の斬撃だった。

着地して姿勢を整えるサラと、後退して剣を構え直す傭兵二人が、通路で睨み合う。仕切り直しだ。

「霜が付いてやがる。水と氷のダガーだ」

氷の斬撃を切り払った男の剣は、冷気を浴びせられたせいで刀身に霜が付いていた。そのことで警戒心を強めている。

「それより、空中でジャンプしやがったぞ」

もう一方の傭兵はサラが空中で二段ジャンプしたことに驚いていた。

ちなみに、サラが空中でジャンプをしたのは精霊術で小さな魔力障壁を作り、それを足場にしたからである。連続して使用すれば空を駆けることもできるが、実行する難易度は相応に高く、普通に飛行の精霊術で飛んだ方が自在に飛びやすくはある。

（この人達、もしかして……）

サラはここでようやく襲撃者達の素性に心当たりを抱いていた。以前に戦ったルッチ達の存在が脳裏にちらつき――、

「気をつけてください。こっちの二人、動きが速い！　魔剣使いです。もしかしたら他の侵入者達も同等の品を装備しているかもしれません！　魔法で弾幕を張って通路を塞いだ方がいいかも！」

と、女性騎士二人に呼びかけた。

「っ、了解！」

今のところ彼女達が守る食堂に通じる通路の方には傭兵が来ていない。自分達の持ち場を警戒しつつもサラ達の高度な戦闘を観察していた二人は強く頷いた。

一方で――、

「…………」

ホールへと通じる通路の先には、ヴェンを初めとする傭兵達が終結しており、息を殺し

てサラとの戦闘を観察していた。

屋内での集団戦というのは実に難しい。取り回しが悪い武器を振るえば得物が壁や家具などに引っかかってしまうからコンパクトな動きが求められるし、屋内をどう動き回るのか、建物の構造をどう利用するのか、そういった戦術的な立ち回りも強く意識する必要がある。傭兵として数多くの戦闘をこなしてきた彼らはそのことをよく理解していた。

「狭い通路で無理にここにいる全員で突入する必要はねえ。が、まったく増援が行かないと怪しまれる……。二人、通路に出て行ってアイツらを援護だ。他の三人は俺と来い。窓があれば外から回り込めるかもしれん」

ヴェンは即座に作戦を立てる。と――、

「了解」

「派手に行くか」

誰が屋敷の中に残って陽動を兼ねた味方の援護をするのか、すぐに決まった。それから行動を開始するのも実に速かった。

「いたぞ！」

「こっちだ！」

男達はサラ達の注意を引き寄せようと、殊更に大きな声を出す。そして、味方の援護を

するため駆けだした。それを確認し――、

「よし、俺達も行くぞ」

ヴェンは傭兵三人を引き連れ、いったん屋敷の外へと出ていくのだった。

◇　◇　◇

その頃、屋敷の外での戦闘は大いに荒れようとしていた。

きっかけはアルマが契約精霊であるイフリータを顕現させたからだ。背に人を二、三人は軽く乗せられそうなほど巨大な体躯を誇る獣がいきなり現れたのだから、その正体を知らぬ者達は愕然とする。

「グルァ！」

「がぁっ⁉」

出現したイフリータは近くで怯んでいた傭兵の隙を突いて体当たりをぶちかまし、勢いよく吹き飛ばした。さらには、目にも止まらぬ速度でそのまま傭兵を追い――、

「グァッ！」

「ごふっ……」

倒れ転がって仰向けになった傭兵の鳩尾を、前足で思い切り踏みつける。魔剣で身体強化を施しているとはいえ、この攻撃を受けては無事では済まない。男は内臓にダメージを負い、意識を手放した。

「なんだ、この化け物は⁉」

傭兵達はセリアが張っている障壁の攻撃を止めて、イフリータに注意を向けた。

「グル！」

イフリータは次の傭兵を倒そうと襲いかかる。が、一人やられたことで傭兵達の意識は完全に切り替わっていた。襲いかかられた傭兵も竦んで反応が鈍ることはなく、素早い動きでイフリータから距離を取る。

「ちっ、先にこの化け物の相手をするぞ！」

そうして、傭兵達はなし崩し的にイフリータの相手もすることになった。

「な、なんだ、あの獣は……？」

「どこから現れた？」

「傭兵達を襲っているが……」

混乱しているのは障壁の中に陣取っているルイーズ達も同様だった。今のところは傭兵達を襲っているが、自分達を襲わぬ確信はない。警戒するのは当然だった。唯一、アルマ以外にこの場でイフリータの正体を知っているのは、セリアだけだ。

「アルマ……」

精霊の存在を無闇やたらと口外してはならない。もし伝える必要がある場合でも信頼できる相手に厳選すること。信頼できる相手であっても、本当に伝える必要がなければ伝えてはならない。

それらはサラ達が里を出る際に長老達から言い渡された里の掟だった。精霊の民が長らく人間族に強い不信感を抱いているのは、人間族が精霊の民を差別・迫害していたことが最大の原因だ。だから、神魔戦争が始まる前から精霊の民は続々とシュトラール地方を後にし始め、未開地の奥深くへと移り住んだ。神魔戦争には必要に迫られ参戦したが、戦争が終結した後には、精霊の民達は再びシュトラール地方から立ち去って里に戻っていったとされている。

そして、当時シュトラール地方にいた精霊のほとんども、精霊の民と共に未開地へと移り住んだと伝承には残っていた。精霊も人間族を見限ったのだ。その理由はかつての人間族が精霊を隷属化させるような禁術を用いたからだ、とも精霊の民の里の伝承には残っている。

だから、現代のシュトラール地方において、精霊は魔剣以上に希少な存在だ。この世には精霊が存在するらしく、かつては精霊を用いた強力な秘術が存在したという文献こそ存在はしているが、今では失われた古代魔術である。

たとえ王侯貴族であろうと、人間が生きている間に精霊を目にすることはない。中にはシュトラール地方に暮らす精霊も存在はしているが、精霊の側から人間族に近寄ることはまずない。仮に姿を現したとしても、何かの獣だと勘違いされたままになっているのがほとんどだ。

アルマは精霊を人前で晒すことを選んだ。人型精霊であるアイシアであれば人前に姿を現したところで人間としか思われないが、イフリータは獅子の幻獣だ。案の定、姿を現したことで得体の知れない怪物として扱われているが、アルマが呼び寄せたと気づいている者もセリア以外にはいなかった。とはいえ――、

「ちっ、面倒くせえ。……あの化け物、もしかしてテメエが呼び寄せたりしたのか？」

正体が精霊であることにこそ気づいていないが、ルッチはイフリータを使役しているのがアルマではないのかと勘ぐっていた。アルマと武器を押しつけ合っている状況で問いかけた。

「…………」

「だんまりかよ。まあ、この状況で現れて俺らを攻撃し始めたんだ。どっちみちテメエら

のペットってことだよな！　早々に始末させてもらうぜ！」

「させると思いますか？」

　ふんと、アルマは思い切りメイスを振って、ルッチの身体ごと押し返した。ルッチは押し返される瞬間に後ろへ下がり、上手く勢いを殺す。が、すかさずアルマが前に進んでメイスを振るい、ルッチを追撃した。すると――、

「ちっ！」

　ルッチが舌打ちすると、漆黒の剣の刀身からぶわりと闇があふれ出した。

「っ⁉」

　アルマは得体の知れない黒い闇の斬撃を警戒している。だから、すかさず魔力をメイスに流し込み、純粋な光の衝撃波を放とうとした。が――、

「おらっ！」

　ルッチがすかさず前に踏み込み、アルマのメイスめがけて剣を叩きつけた。結果、光と闇が互いに威力を相殺しようとするが――、

「ぐっ……」

　闇の斬撃が威力で上回り、光の衝撃波を呑み込みつつアルマを押し返す。

「お前のことも可能なら生け捕りにしたかったんだがな……、しょうがねえ」

ぎりぎりと音を立てながら、メイスと剣を押しつけ合う両者だが、アルマがイフリータを呼んで状況を変えたことで、ルッチも対応を変えざるをえなくなったらしい。

「……私を生け捕りにする？」

相手の目的に自分が絡んでいるかもしれないと思ったのか、アルマは怪訝な顔になる。

「ふん……。あいにくと使い始めたばかりでまだ上手く剣の能力を扱えねえんだわ。変なところに刺さっても悪く思うなよ？」

ルッチは剣を押しつけた状態で、ニヤリと笑った。

「何を……？」

いぶかしそうに顔をしかめるアルマだが、お腹の辺りに嫌な魔力の予兆を感じる。変に思って視線を降ろした。

が、その瞬間には遅かった。予兆を感じた瞬間に飛び退くのが正解だった。しかし、仕方がない。これは完全に初見殺しの一撃だった。かつてのリオのように初見から察知して対処してしまう方が異常なほど悪質な一撃である。

「えっ……？」

痛みではなく、熱さを感じた。アルマは視線を下げる。と、自分のお腹に、漆黒の剣が後ろから突き刺さっているのを目視した。すると――、

「どけ」

ルッチは躊躇(ちゅうちょ)なくアルマを前蹴(げ)りした。

「うあっ⁉」

後ろから剣が突き刺さっている状態で前方から蹴りを入れられれば、より深く剣が突き刺さるのは自明である。アルマは堪(たま)らず悲鳴を上げた。

「おっと、悪い」

ルッチは嘲笑(ちょうしょう)を刻み、心にも思っていない謝罪を口にする。次の瞬間、アルマの腹部に突き刺さっていた剣が消えた。

「うっ……」

アルマはどさりと、その場に頽(くずお)れてしまう。

「心臓に刺さらなかった分マシだったが、止血が面倒くせえな。ちっ」

ルッチは止血する手間を嫌(きら)い、アルマを放置することにしたらしい。代わりに、障壁の中にいるセリアに視線を向ける。

「ア、アルマ！」

魔力の障壁の中で様子を見ていたセリアが悲鳴を漏(も)らす。と――、

「グアゥ！」

契約者であるアルマが倒れたことで、イフリータも怒りの雄叫びを上げる。他の傭兵達を捨て置き、そのままルッチへと襲いかかった。

「ちっ、化け物は俺に任せろ！　お前らはさっさと障壁を落とせ！」

そうして、ルッチはイフリータとの対峙を余儀なくされる。

「っ…………」

アルマはその隙にひっそりと、治癒の精霊術を使って止血を開始していた。

一方、屋敷の中。

アルマがルッチに刺されるほんの少し前のことだ。

戦いにおいて籠城する側が特に意識しなければならないことが視界の確保だ。籠城することによって建物に守られ、身を隠すことができる反面、外から接近してくる敵に対しての見晴らしも同時に悪くなる。

敵が接近している状況で無防備に姿を晒して外を監視し続けるのも考え物だが、敵に発見されることを恐れ、身を隠すことを優先しすぎてしまうのもよろしくはない。敵が接近してきていることに気づかずに突入を許してしまう、ということも最悪ありえる。

ただ、戦闘用途の実用性重視の砦でもない限りは、外に対する視界の確保や敵の侵入を防ぐことを意識して設計を行うこともない。そういう意味では、美観重視で建築されているリオの屋敷は籠城するのにはあまり向いていなかった。ゆえに――、

「…………」

現在、沙月達が潜む応接室のすぐ傍には、気配を殺したヴェン達が歩み寄っている。ハンドサインで意思の疎通を図りながら、おおよその候補と思われる部屋の窓を一つ一つ覗いて中の様子をそっと探っていた。

すると、直に目当ての部屋を探り当てた。室内には美春と沙月の姿が見える。奥にはもう一つ、セーフルームへと通じる扉もあった。

――ここだ。

と、傭兵の一人が手を動かして他の者達に伝えた。窓の外にいる傭兵はヴェンを含め四人だ。その場で役割分担も決めると、傭兵達は無言で突入を開始する。

「《魔力障壁魔法》」

傭兵の一人が呪文を詠唱して魔法を発動させた後、魔力の障壁を前面に展開して窓めがけて勢いよく突入を開始した。すると――、

「はあっ！」

天井の隅、窓の上に張り付いて潜んでいたラティーファが、ガラ空きになっている傭兵の頭上から魔力のエネルギー弾を叩きつける。

「ぐっ⁉」

脳天から攻撃を食らっては肉体を強化した状態でも流石に昏倒を免れず、最初に突入した傭兵はそのまま床に倒れてしまう。

ただ、あらかじめ待ち構えられている可能性も考慮していたのだろう。最初の一人がやられたくらいでは外に控える傭兵達も戸惑わず、対処も早かった。

「窓の上だ！」

「《光弾魔法》」

傭兵の一人が窓の上に狙いを定め、壁の向こうにいるだろうラティーファを排除しようとした。

「きゃっ」

咄嗟に窓から離れたラティーファ。くるりと回転して室内の床に着地を決める。

「敵が来たわよ！　美春ちゃんは部屋に下がって！」

「は、はいっ！」

応接室にいた美春だが、沙月に指示され速やかにセーフルームへ向かう。

敵が部屋の外から襲撃してくるかもしれないことは当然、沙月達も警戒していた。全員でセーフルームに隠れていれば応接室にいる姿は見えなかったのかもしれないが、窓から入り口が丸見えになっている以上はセーフルームにまで入ってきて確認しにくることも予見できた。そこで、あえて応接室にいる所を見せつけて、美春にも協力してもらって無防備でいるように見せかけるようにしたのだ。

「次だ！」

「《魔力障壁魔法》」

別の傭兵が魔力の障壁を展開し、再突入を試みる。と――、

「させない！」

神装の槍を構えた沙月が待ち構えていた。物質化した魔力でコーティングした風の弾丸を槍の穂先から放ち、先頭に立つ傭兵の魔力障壁にヒットさせる。

「うぉっ！」

攻撃を食らった傭兵は軽く数メートルは吹き飛ばされてしまい、屋敷の外へと押し返されてしまった。しかし――、

「入れ入れ！」

ヴェンともう一人の傭兵が室内に侵入してくる。

「はああっ!」

真っ先に動き出したのはラティーファだった。両手にダガーを持ち、侵入してきた一人に襲いかかる。

「ちっ、うぉっと……」

傭兵は素早く剣を構え、ラティーファの攻撃を受け止めた。しかる後、ラティーファが何度かダガーを振るったが、それらもすべて受け流す。

「………」

ラティーファは軽く後退し、一メートルほど距離を置いて傭兵と対峙した。その表情は強張っており、ダガーを握る手は少し震えている。

「速え、が……」

傭兵はラティーファに殺し合いの経験が少ない、あるいは忌避感を抱いていることを瞬時に見抜いた。

「油断するな。外にいる騎士共よりは手強そうだ」

ヴェンは沙月と対峙しながら、ラティーファと対峙する男を注意する。

「わかっている。で、誰がターゲットだ?」

ラティーファと対峙する傭兵の顔から侮りの色が消えた。

「奥にいる奴なら誰でも良さそうだ。こいつらは邪魔になりそうだから排除する」

「了解」

必要な情報を共有を済ませ、ヴェン達は完全に臨戦態勢に入った。すると――、

「人様の家に土足で入り込んできて……」

沙月が小刻みに身体を震わせて呟いた。

「あ？」

ヴェンが怪訝そうに眉をひそめる。と――、

「遠慮はいらないわよね。正当防衛よ！」

「はっ、何を……うおっ⁉」

沙月が急加速して、ヴェンに肉薄した。そのまま思い切り槍を振り払う。ヴェンは反射的に剣で槍を受け止めるが――、

「はあああっ！」

沙月はヴェンの身体ごと、槍を振り抜いた。沙月の怒りに呼応しているのか、神装による身体強化は魔剣の模造品では抗えないほどに段違いだった。

「くっ……」

ヴェンの身体が勢いよく後ろに吹き飛ばされる。そのまま部屋の窓にぶつかり、屋敷の外まで吹き飛ばされてしまった。

「マジかよ……。っ、大丈夫か、ヴェン⁉」

室内に取り残された傭兵が外に向けて叫ぶ。

「あ、ああ！」

ヴェンはふらりと立ち上がりながら叫んだ。多少のダメージは負ってしまったが、攻撃自体は剣で受け止めたのが幸いしたのだろう。転がる際にも咄嗟に受け身を取ったようである。

「貴方もさっさと出て行って！」

沙月は室内に残ったもう一人の傭兵にも襲いかかる。

「ちっ」

このまま室内に留まっていてはまずいと思ったのだろう。男はいったん窓の外へと退散していく。

「逃がさないわよ！」

ここで沙月も窓の外へと打って出た。

「す、すごい、沙月お姉ちゃん……」

あっという間の出来事に、呆気にとられるラティーファ。だが、すぐにハッとすると慌てて窓に駆け寄って外の戦況を確認する。

（やっぱりイフリータが出ている！　ア、アルマお姉ちゃん！）

イフリータが暴れていたことには叫び声で薄々勘付いていたのだろう。ラティーファが目の当たりにしたのは、ルッチに飛びかかるイフリータの姿と、そんなアルマを抱きかかえて走るルイーズの姿だった。

◇　◇　◇

一方で、レイスはグリフォンでは到達できないほど遥か上空で光弾を操り、アレイン達の空戦部隊を支援しながら、地上での戦いを観察していた。

いくら弾道を操作できるとはいえ、かなり距離が離れているので狙った通りに命中させるのは難しいのだが、空挺騎士達を牽制するのには必要十分だ。

（鳥の中位精霊がいることは知っていましたが、まさか他にも中位精霊と契約している者がいたとは……。やはり未開地の亜人と見て間違いはなさそうだ）

と、レイスはアルマの正体を推察する。

以前、リオがクリスティーナを連れてロダニアへと護送した際に、鳥の中位精霊に周辺を見張らせていたことはレイスも把握していた。

(ルッチにあの剣を持たせておいて正解でしたね。あの剣は精霊とは相性が良い。中位の精霊でも後れを取ることはないでしょう。少々手こずってはいるようですが……。そして外には姿を見せていない他の二人)

この時レイスが頭の中で思い浮かべていたのは、サラとオーフィアである。アルマが獅子の中位精霊と契約している以上、二人の内どちらかが鳥の中位精霊と契約しているのだろうと考えたのだ。そして——、

(三人中二人が中位精霊と契約しているんですから、三人目も、という可能性もありますね……。鳥の中位精霊が出るようなら私で対処すればいいとして、地上に追加の中位精霊が出てくると厄介だ)

一人が人目を憚らずに精霊を実体化させた以上、二体目と三体目もいつ登場してきてもおかしくはない。ふむ、と唸りながら、レイスは屋敷付近の動きに注目する。

天上の獅子団の傭兵達も手練れ揃いだ。特別な能力こそ秘めていないが、彼ら全員が魔法よりも強い身体強化が可能な魔剣の模造品を所持しているので、集団で挑めば中位精霊とも渡り合うことは十分に可能である。何よりルシウスの弔い合戦ということもあり、天

上の獅子団の傭兵達はよく動いていた。

だが、リオとアイシアという最も警戒すべき最強の二人がいないとはいえ、リオの周りにいる者達が粒ぞろいであることも確かだ。屋敷の外では新たな中位精霊という強力な隠し球まで出てきたし、先ほどはヴェンが傭兵三人を引き連れて屋敷の窓から室内への侵入を試みていたが、なかなか苦戦しているのが見える。

各地での戦況は刻一刻と変化していた。

その時のことだ。

（王都の外に精霊の気配？　これは……二体目の中位精霊？　なぜ王都の外に？）

遥か眼下にあるリオの屋敷付近を見下ろしていたレイスが、王都の外に鋭い視線を向け始めた。それから、間もなくして視線の方角にある王都から数キロメートル離れた山間部の方角から、体長数メートルの巨大な鳥が近づいてくる姿を視界に収める。

（……彼が絡むとつくづく計算通りにはいきませんね。仕方がない。こちらも切れる手札はとことん切るとしましょう。それと、地上に残っているレヴァナント達の一部を……）

レイスはいったんアレイン達への支援を打ち切ると、地上に手を向けた。だが、傍目から見る限りでは特に何かするでもない。そのまま数秒もすると、レイスは王都の外へ向けて飛行を開始する。

地上にいるレヴァナント達の一部がリオの屋敷めがけて一斉に走り出したのは、その直後のことだった。

【第四章】 二転三転

ルッチはイフリータの相手をしていた。いや、正確にはセリアが展開している魔力障壁の周囲を動き回るイフリータを仕留めようと、後を追いかけ回していた。

「逃げるんじゃねえよ！　この害獣が！」

ルッチはそう叫びながら、イフリータめがけて闇の斬撃を放つ。が――、

「グウウッ」

体長数メートルの巨躯だが、イフリータは獅子の獣だ。なんといっても動きが素早い。攻撃を食らわぬよう、瞬時に遠のいてしまう。

だが、逃げに専念しているかと思えば、そうでもない。ルッチがイフリータを無視してセリアの展開する魔力障壁を攻撃しようとすると――、

「グアゥ！」

イフリータはルッチを焼き殺そうと口から灼熱の炎を吐いた。

「ちっ……」

ルッチは剣を振るい、漆黒の斬撃で自らに迫る炎を呑み込んでしまう。

「グルルッ」

どうやらイフリータはルッチが放つ漆黒の斬撃をだいぶ警戒しているようだった。だから、まともに対峙せず回避に重きを置いている。それでルッチが焦れてイフリータを無視して他を攻撃しようとすると邪魔をしてくるし、余裕があれば魔力障壁を攻撃している傭兵達にも攻撃を仕掛けている。そのせいで傭兵達も思うように障壁を攻撃できず、千日手になりかけていた。いや――、

（こいつの相手をし続けていたらこっちの魔力が先につきかねねえ。それが狙いか？　どうする？　刀身を転移させるにしても、今の俺じゃこいつの動きを捉えられねえ。こいつが立ち止まっている状態ですぐ傍まで近づく必要がある……）

戦いが長引けば不利になるのはルッチだろう。こうなった以上、イフリータとまともに戦うのを避けるか、サッサと片付けてしまいところだが、決め手に欠けていた。そうしてルッチや傭兵達がイフリータの対処で障壁への攻撃を中断している一方で――、

「アルマ……」

セリアが少し離れた位置で転がるアルマをどうにかして助けることはできないかと、張り詰めた面持ちで思案していた。すると――、

「私が助けに向かいます」

障壁の前方で人壁を築いている騎士達を率いるルイーズが、すぐ背後に立つセリアに囁きかける。

「ルイーズさん？」

「助けに行くなら、敵が混乱している今しかありません」

「ですが……」

躊躇うセリア。イフリータが暴れ回っているとはいえ、およそ十人の傭兵が障壁を囲んでいるのも事実だ。ルイーズ達では魔法で身体能力を強化したところで傭兵達の動きには対応できない。下手に出て行けば今度はルイーズ達が倒れることになるかもしれないと危惧しているのだ。

最初の一人こそ不意を打つ形で倒せたが、今はルシウスの魔剣を装備したルッチがイフリータを追いかけ回しているせいで、他の傭兵達の動きに余裕が生まれ始めてもいる。アルマが倒れているのはセリアが展開している障壁からほんの十メートルにも満たない位置だが、この状況ではもっと遠くにいると錯覚してしまいそうになる。だが――、

「現状、碌に働けていません。ここまで戦ってくださったアルマ様とセリア様のために、このくらいのことはさせてください。目的のために危険を冒すのが騎士の職務です」

力強い決意を秘めた瞳で、ルイーズは決然と訴えかけた。

「……わかりました。では、お願いします」

逡巡するセリアだが、ややあって首を縦に振る。

「御意。お前達、タイミングを見て私一人で打って出る。私が外に出たら私に接近する者に対して魔法を放て。私は移動と回避にのみ集中する」

と、ルイーズは部下達に指示をすると「《身体能力魔法》」と呪文を詠唱し、魔法の効果を発動させた。それから、傭兵達の動きをよく確認すると――、

「今だ！」

ルイーズは遮蔽物としてアルマが設置した土壁を乗り越え、空洞になっている障壁の前方から飛び出した。そのまま倒れるアルマのもとへとまっすぐ進もうとする。そのことに真っ先に気づいたのはルッチだった。

「あん？」

ルッチは逃げ回るイフリータへの攻撃をいったん中断し、ルイーズを排除しようと刀身に魔力を集中させる。だが――、

「グルァッ！」

ルイーズの意図を的確に察知したのだろう。契約者であるアルマを守るため、イフリー

タはルッチに向けて火炎を吐き出した。
「ちっ……」
ルッチは剣を振るい、刀身から黒い闇を出現させて自身に迫る火炎を防いだ。その隙に
ルイーズはアルマの元にたどり着き、負傷した身体を素早く抱きかかえる。
「うっ……、すみ、ません」
アルマは苦しそうに謝罪した。自力で精霊術による止血こそ済ませたが、深手を負った
状態では術の発動は安定しない。相当量の血を失ってしまったらしく、かなり朦朧として
いるのがわかる。
と、そこで——、
「構わん、殺せ！」
他の傭兵達がルッチに加勢し、ルイーズに襲いかかろうとする。だが——、
「《光弾魔法》」
障壁の中に布陣する騎士達が魔法を放ち邪魔をした。アルマ救出のために、皆が一丸と
なっている。
（……やはりこの化け物は騎士達を襲う様子はねえ。というより、この化け物もあの怪力
娘を守りたいようだ。となれば……！）

ルッチはイフリータが明らかにアルマを守るために動いていることを確信し、何か機転を利かせたような顔になる。

直後、ルッチはアルマを抱きかかえ走るルイーズへと肉薄することを選んだ。ここで邪魔してくるイフリータをあえて無視することを選択したルッチの嗅覚というか、戦い慣れた傭兵としての戦闘勘は流石だった。

両者の走る速度差は優に倍はある。数メートルあったルッチとルイーズの距離はほんの一瞬で埋まり、ルッチは闇のエネルギーを纏った漆黒の剣を振りかぶる。

これだけ接近してはイフリータも火炎を吐いて邪魔することはできない。ルイーズごとルッチを焼き払ってしまいかねないからだ。だから——、

「ガアッ！」

させるものかと、イフリータがルッチに飛びかかった。

「まあ、そうくるよな！」

ルッチは行動を呼んでいたといわんばかりにほくそ笑み、ルイーズからイフリータに向かって方向転換する。

その瞬間にはイフリータもルッチを噛み殺さんと口を開いていたが——、

「うおおらぁっ！」「イフリータ！」

ルッチの剣から放たれた暗黒の衝撃波が、イフリータの巨躯を包み込む。その光景を目にしたセリアは思わず悲鳴を上げる。しかし、イフリータが身体を張ってくれた成果も確かにあった。

「くっ……!」「うっ……」

ルイーズは障壁の全面に展開された土壁を乗り越え、転ぶように倒れ込む。アルマの身体もどさりと地面に転がった。

「イフリータなら大丈夫なはず、です……」

アルマはセリアにそう言い残し、がくりと意識を失う。

「手負いの怪力娘より、化け物の退治を優先するのは当然だよなあ」

ルッチはくつくつと愉快そうに笑いながら、イフリータを仕留めたこの結果を享楽していた。そして――、

「……よう、ヴェン！　ガキの女一人にだいぶ手こずっているみたいじゃねえか。手伝ってやろうか⁉」

と、屋敷の傍でふらついていたヴェンに呼びかける。

屋敷の応接室で沙月の攻撃を受け止め、窓からヴェンが派手に吹き飛んで転がってきたのがほんの少し前のことで、ルッチがイフリータを倒す直前のことだ。

少し遅れて、仲間の傭兵と、神装の槍を手にした沙月が勇んで飛び出してくる姿もルッチは目撃していた。

「黙れ！　テメエの持ち場はそっちだろ！」

ヴェンは苛立ちを隠さない声で怒鳴り返した。一人は屋敷に突入した際にラティーファの攻撃を食らって昏倒してしまったが、まだヴェンを含めまだ三人は健在である。ヴェン達はその三人がかりで、屋敷から飛び出してきた沙月を取り囲むよう展開した。

「みんな……」

セリアが展開している魔力障壁を取り囲む傭兵達や、障壁の中で意識を失っているアルマなど。沙月は屋敷の外に広がる光景を目の当たりにし絶句している。だが、しばらくすると――、

「なんで……、なんでこんなひどいことをするの!?　何なの、貴方達!?　ふざけないでよ！」

沙月は傭兵達をキッと睨みつけ、怒りを吐き出すように叫んだ。

「はっ」

傭兵達は顔を見合わせ、沙月の怒りがひどく場違いなものだと言わんばかりに嘲笑う。

「ハルトとかいう野郎が俺らの団長を殺した。だからだ！　お前らを人質にして野郎に報

復する。奴は野放しにできねえ」

　沙月の疑問に答えたのは、彼女の目の前で対峙しているヴェンだった。

「ハルトくんが？　それって……、もしかしてっ！　何を言っているのよ！　もとはといえば貴方達の団長がハルトくんのご両親を殺したんでしょ！　クリスティーナ王女とフローラ王女のことだって誘拐した！　ハルトくんはそれで二人を守った。最初に悪いことをしたのは貴方達じゃない！」

　逆恨みじゃない、と沙月は理屈立てて主張するが――、

「知るか！」

　ヴェンは完全に開き直っており、理不尽に一蹴した。

「なっ……」

「俺達はやられたらやり返すだけだ。やられたくなかったら何をされてもやり返すな。それだけの話だろうが」

　俺達からやり返されたくなかったら、被害はすべて我慢しろ、正当防衛すら許さない、泣き寝入りしろ、と言っているに等しい。

「………なんでそんなひどい考え方ができるのよ」

　あまりにも価値観が違いすぎて、呆然と言葉を失いかける沙月。かろうじて捻り出せた

のは、そんな疑問だった。

「ひどい？　アイツだって俺らと同類だろ。やられたらやり返すような輩だぜ」

だから団長に復讐したんだろうと、ヴェンは言う。

「違う。ハルトくんは貴方達とは絶対に違う」

沙月はむきになって反駁した。

「違わねえよ」

「いいえ、違う！　ハルトくんは時には自分の幸せを捨ててでも、大切な人のために、譲れないものを守ろうとする人だもの。貴方達とハルトくんは違う」

「自分の幸せを捨ててでも譲れないものを守る？　冗談はよせよ。女に囲まれてこのお屋敷で幸せに暮らしているんだろ？　幸せを獲得しているんだろ？　そんなの許せねえよなあ。お前らを見ていたら、アイツの幸せな人生をなおさらメチャクチャにしてやりたくなったぜ」

そう言って、ヴェンはじりじりと沙月に迫る。

「そんなこと、させるわけないでしょ！」

「だったらその幸せを守るために、ここにいる俺らを皆殺しにするしかねえよなあ。そんな甘いことを言うお前に俺らを殺せるのかは知らんし、それで幸せが手に入るのかは知らねえがよ！」

「っ……」

沙月の怒りは頂点に達したらしい。

もう何も言わず、一周回って無表情を装う。しかし唇を震わせながら、槍を握る拳の力を強めた。完全に臨戦態勢に入っている。

すると――、

「私も戦うよ、沙月お姉ちゃん！」

ラティーファが沙月の隣に並び立つ。そして――、

「我々もお供しましょう」

他にも応接室の窓から出てくる者はいた。美春、シャルロット、クリスティーナ、フローラに、ヴァネッサだ。

「ラティーファちゃん、それにみんな、なんで……」

セーフルームから出てきてしまったのか。危ないから戻りなさい――と、言わんばかりに、沙月は強く戸惑い顔になった。

「ここに参ったのは女としての意地です。というのは半分冗談ですが、話は聞かせてもらいました。このように下衆な奴原をいつまでも野放しにしておくのはガルアーク王国の王

女としていかがかと思いまして、参った次第です」

と、シャルロットはにこやかに語る。

「はっ、可愛い顔して物言いはきついガキだが、人質を攫いに来た敵の前に現れてもいいのか？　そっちにいるのはベルトラムの王女二人だろうに」

ヴェンはクリスティーナとフローラに視線を向けながら、殊更に悪意を覗かせて冷笑してみせた。が――、

「あら、人質を取らなければハルト様の前にも立てない臆病な卑怯者達を、どうして恐れる必要があるというのかしら？」

啖呵を切るのならシャルロットも負けてはいない。

「なんだと……？」

痛いところを衝かれたのか、顔をしかめるヴェン。

「情報の出所はわかりませんが、今この城にハルト様がいらっしゃらないと知った上でこの国へやってきたのでしょう？　大国である我が国をも恐れぬ所業。流石は超一流と呼ばれる傭兵団だけれど、裏を返せばそれだけハルト様を恐れているということ。ですが、そう考えれば卑怯者なりに多少の見る目はあるということでしょうか？」

シャルロットはふふっと蠱惑的な笑みを浮かべて沙月に水を向ける。それで少しは毒気

を抜かれたらしい。

「いや、私に聞かないでよ……。けど、確かに。ハルト君を相手にするより今この城にいるみんなを相手にした方が楽だと思われているのよね。ずいぶんと舐められたものだわ」

沙月は普段の彼女らしい余裕のある笑みを覗かせた。

「はい。ですので、見せつけてやろうではありませんか。攫えるものなら攫ってみなさいな、と」

そう言って、シャルロットは眼前に立つ襲撃者達を挑発する。と——、

「はっ、面白そうじゃねえか、ヴェン」

ルッチが近づいてきて、沙月達と対峙する。

「言っただろ。テメエの持ち場は屋敷の外だろうが」

「ここも屋敷の外じゃねえか。それに、攫いやすそうなターゲットの候補が雁首揃えてぞろぞろと出てきやがったんだ。生意気な口も叩かれたことだし、状況をわからせてやるべきだろ。後ろで障壁を張っているチビ魔道士の方なら人数は足りているしな」

アルマが倒れ、イフリータもいなくなった今、セリアが展開する魔力の障壁を外から守る者は誰もいない。中に残っているのはセリアと、ルイーズを始め魔法による身体能力強化しかできない騎士が七人だけだ。

より強力な身体強化が可能な傭兵達であれば、三人もいれば危なげなく制圧できるだろう。ルッチが言う通り、人数ならもう十分だった。一方で――、

「……実際問題、どうするのよ？　強がってはみせたけど、動き回って戦えるのが私とラティーファちゃんとヴァネッサさんだけじゃ、相手がゴリ押しで攻めてきたら守り切れないわよ？　クリスティーナ姫とフローラ姫まで連れてきちゃって……」

大丈夫なの？　と、沙月は声を潜めてシャルロットに問いかける。

「アマカワ卿には大きなご恩がありますし、元を辿れば私とフローラの誘拐にもこの男達が関わっていたこと。いざという時には前に立って戦うのも王族の務め。微力ではありますが戦わせていただきます」

「はい！　ハルト様のために、頑張ります！」

こちらのことは気にしないでください。と、クリスティーナは毅然と語った。フローラも気持ちが高ぶっているのか、はたまたリオが絡む問題だからか、いつになく意気込んでいる。すると――、

「まあご安心くださいな。何やらミハル様とラティーファ様に策があるそうなので」

シャルロットが隣に立つ美春をちらりと見て言った。

「ラティーファちゃんと……、美春ちゃんに？」

沙月は少し不安そうに美春を見る。美春が人と争うのが得意でない性格をしているのはよく理解しているし、付き合いが長いだけに、どうしても美春が戦う姿を想像できないのだろう。

「はい、任せてください……」

美春は少し緊張した面持ちだが、力強い意志を覗かせてこくりと頷く。

「私が合図して美春お姉ちゃんが行動を開始したら戦闘開始だよ。沙月お姉ちゃんと私は前衛、お姫様達は後ろから魔法で援護してください。敵が近づいてきそうなら魔法で障壁を。いいですか?」

ラティーファは対峙する傭兵達を油断なく見据えながら、一同に呼びかけた。

「……うん、わかった」

美春のことはまだ気がかりなようだが、頷く沙月。

「ええ、任せてくださいな。少しワクワクしてきました」

こんな経験は初めてのことなのだろうが、なんとも頼もしいことにシャルロットはこの状況を楽しんでいるらしい。

「我々も異論はありません」

「はい!」

クリスティーナとフローラからも返事がくる。

「じゃあ、行きます……！」

そう言って、軽く深呼吸するラティーファ。そして——、

「今だよ、ヘル！」

と、叫ぶ。次の瞬間——、

「ガウッ！」

背中に美春を乗せる形で、サラの契約精霊である白銀の巨大な狼が現れた。

「うぉっ⁉」「まだ化け物がいやがったのか⁉」

一瞬だけ、ルッチやヴェン達はギョッとして硬直する。

「行って、ヘル！」

美春が背中にギュッと抱きつくと、ヘルは目にも止まらぬ速度で疾駆を開始した。そのまま傭兵達の隙間を縫い——、

「ミハル！」「セリアさん！」

セリアが展開している魔力障壁の前へと移動した。

「っ、ミハル様を引っ張れ！」

美春はヘルの背中から降りると、女性騎士達に手伝ってもらいながら遮蔽物の岩壁を乗

り越えて障壁の中へと入る。ちなみに、こちらはこちらで沙月達の戦闘開始と同時に魔力障壁を部分的に解除して騎士達が飛び出る計画を立てていたのだが、美春がやってきたことでプランが崩れていたりする。

しかし、女性騎士達の代わりにヘルが参戦したことで状況は好転した。

「ど、どうしたの？」

セリアが戸惑って尋ねる。

「イフリータにもう一度、実体化してもらいます」

「で、できるの⁉」

「はい。実体化に必要な魔力さえ練り上げて供給すれば」

美春は確信を持って頷く。

霊体化してさえいれば物理的な事象による影響は一切受けなくなるのが精霊だが、実体化している状態だと外傷を負う。外傷を負った状態で治癒をせずに実体化を維持すると身体機能が落ちてしまうし、限界まで肉体に傷を負うと実体を維持することができずに霧散してしまうわけだが、それが原因で死ぬことはない。

強制的に霊体化してしまうだけだ。必要な魔力さえ捻出できるのならば、再度、傷が癒えた状態で実体化することはできる。

問題はその魔力の捻出をどうするかだ。魔法も精霊術も、現実を改変して不自然な事象を引き起こそうとすればするほどに必要な魔力量は増えていくところ、霊的な存在である精霊が実体化して受肉している状態は本来ならば極めて不自然な状態である。

だから、精霊は実体化して受肉する瞬間に相当量の魔力を消費する。傷を負った精霊が再び無傷の状態で実体化させようとすれば、必要な魔力量はさらに跳ね上がる。

この点、契約者のいない精霊は時間をかけて自力で魔力を蓄えていくわけだが、契約者のいる精霊であれば契約者から魔力を供給してもらいさえすれば一瞬で魔力の回復が可能だ。そして、アイシアのような人型精霊であれば、精霊の側から自由に契約者とのパスから必要な魔力を吸い出して練り上げることができる。

だが、イフリータのような中位の精霊だとそうはいかない。魔力を供給する際には契約者の側で必要な魔力量を練り上げ、都度、供給してやる必要があるのだ。ただ、今のアルマは気を失っており、魔力を練り上げることはできない。ならば――、

「私がイフリータに魔力を供給します。聞いている、よね？　いくよ……」

美春が一時的な仮契約を結び、実体化に必要な魔力を練り上げてイフリータに供給してやればいい。

仮契約をするには精霊の側がそれを受け容れる必要はあるが、アルマが信頼を置いてい

る美春が相手ならば何の問題もない。

確かに、純粋な戦闘能力でいえば、美春が岩の家に暮らす者の中では現状最も弱い。しかし、魔力量の多さだけで見れば、美春はリオに次いで上から二番目だ。それこそヘルやイフリータが何度傷ついて霊体化しようが、いくらでも実体化し放題である。問題があるとすれば、仮契約の場合は契約者と精霊がほぼゼロ距離にいないと魔力の供給ができないことくらいだろうか。果たして――、

「グルルッ！」

イフリータが魔力障壁の外で完全復活を果たす。ヘルとイフリータ。二体の中位精霊が参戦し、ガルアーク王国城での戦闘は一つの山場にさしかかることとなった。

◇　◇　◇

かつてルシウスが使用していた漆黒の魔剣を装備しているルッチと、性能こそ古代に作られた一級の魔剣には及ばないものの、身体能力強化の魔法よりも強力な身体強化が可能な魔剣の模造品を装備している傭兵達がヴェンを含め十三人。

一方で、そんな彼らに近接戦で対抗しうるのは神装を装備した沙月と、精霊術で身体強

化が可能なラティーファのみ。頼りのアルマはまだ意識を失っており、セリアが展開している魔力障壁の中で横たわっている。

ヴァネッサは魔法による身体能力強化しか行えないから、一人で魔剣を装備した傭兵を押さえ込むのは厳しいだろう。セリアが展開している魔力障壁の中にいるシャルロットの護衛騎士であるルイーズ達七人と協力すれば、連携次第で傭兵三人程度なら押さえ込めるといったところか。

セリア、美春、クリスティーナ、フローラ、シャルロットは完全に後衛に特化した魔道士ないしは精霊術士であるから、前衛特化の戦士達とは距離を置いて戦うのが定石なのだが、距離を置いて戦うにはあまりも前衛となる者が少なすぎた。

それがルッチやヴェンの見立てだったのだ。だが、ヘルとイフリータの参戦により、その見立ては崩れざるをえなくなっていた。

「ぐおっ⁉」「速えなっ！」

ヘルとイフリータは屋敷の前を縦横無尽に駆け回っていた。

どちらか一体だけなら、回避に専念すればなんとかなる。魔剣で身体強化を施せば、なんとか動きを見切って反応できるからだ。

しかし、二体が同時に相手となると手のつけようがない。どちらか一方の攻撃を見切って躱したと思ったら、もう一方がそれを見計らって攻撃してくる。二体の息は実にピッタリで、巧みに連携して狩りを行っていた。

傭兵団の男達は見事に翻弄されている。早くも三人の傭兵が突撃を食らって戦闘不能に陥っていた。

沙月やラティーファでも下手に動き回ると邪魔になってしまいそうだし、下手に攻撃魔法を放ってもヘルとイフリータに当たりかねないので、完全に二体の中位精霊に戦いを任せている。

が、代わりにシャルロット達をしっかりと守ることができていた。とはいえ、沙月達がルッチ達と戦う可能性もゼロではない。

「黒い剣を持っている人に気をつけて！　あの剣が放つ闇の斬撃。イフリータの火炎を一方的に呑み込んでしまったほどです！　あと、他にも何か能力があるのかも！　鍔迫り合いをしている時に気づいたらアルマが背中から刺されてしまいました！　刀身が転移？　するのかも」

セリアは光の壁の中から大きな声を出して、沙月やラティーファ達にルッチの剣について注意を呼びかけた。

（……刀身が転移？　もしかして、あの剣……）

イフリータやヘルの正体については知らされておらず味方ながらに戸惑っていたクリスティーナだったが、セリアの説明もあってルッチが手にしている漆黒の剣に強い既視感を抱く。自分とフローラが攫われた際に、ルシウスが散々リオを苦しめた剣だからだ。

「っ、あの黒い剣、ルシウスという傭兵が使っていた剣です！　だいぶ離れた位置にいる状態で我々のことを四方八方から斬ろうとしました！　刀身が剣から消えて、斬ろうとしている場所にあの剣が放つ闇が現れます！　使っている本人自身の転移も同じように可能なはずから、あの男がいない場所でも闇が出ていないか、注意してください！」

クリスティーナはハッとし、即座に知りうる情報を捲し立てるように開示した。今すぐにでもルッチがそれらの能力を使用したとしたら、相当にまずいと思ったからだ。

「え、ええ!?」

「こ、怖すぎでしょ！」

「むっ」

極めて厄介な能力だ。特に強く警戒したのはラティーファ、沙月、ヴァネッサ、それに障壁の中にいるルイーズを含む騎士達だった。周辺をキョロキョロと見回し、闇が出ていないか捜す。真っ先に剣で斬られるとしたら、動きが速い二体の中位精霊よりも、各個撃破されやすい彼女達だからだろう。しかし、それらしい影は見当たらない。

「ちっ……」

ルッチは恨みがましい眼差しをセリアとクリスティーナに向けた。魔剣の能力を的確に分析されてしまっているからだ。

（その能力を使えばとっくに私達の誰かを攫えていそうなのに、ほとんど使っていない。どうして……？）

セリアはその理由を考える。考えられるとすればルッチでは魔剣に適合しても、能力を引き出すのに魔力が足りていないか、あるいは――、

「この戦闘中で本人は一度も転移していません！　アルマを背後から刺したのも鍔迫り合いをしていた時の一度だけ……。最近使い始めたのだとしたら、魔剣の力をまだ上手く扱えていないのかも！　いくらでも能力を使うタイミングはあったはずでしたから」

その可能性が高い。実際――、

（くそがっ……）

図星だったのか、顰めっ面になるルッチ。今の彼では生前のルシウスほど自在に魔剣を扱えていないのは事実だった。

実際、転移して距離を置けばいいのに、今もヘルとイフリータの攻撃をわざわざ動き回って躱している。人質を取るのだってセリアが張る魔力障壁の中に転移するなり、クリス

ティーナ達の背後に転移すればいいのにそれをしていない。

「……本当みたいね」

「うん、油断は禁物だから警戒はした方がいいと思うけど……」

沙月やラティーファに幾分か安堵の色が滲む。

が、その時のことだ。

「ウアアアッ！」

セリア達にヘルとイフリータという心強い援軍が現れたように、ここでルッチにとっても思わぬ援軍達が駆けつけた。

まだ場内に残っていたレヴァナント達だ。数十体はいるだろうか。レヴァナント達は脇目も振らず、ヘルとイフリータめがけて四方八方から突進していく。

「ちょ、何なのこいつら⁉」

最初はセーフルームに入っていた沙月にとっては完全に初見の存在である。人によく似たフォルムにもかかわらず、人ではないと思わせる容貌にギョッとしてしまう。

「さ、最初にお城へ降ってきた魔物達です！　動きがすばしっこいのと、首か心臓を狙わないと一撃では絶命しないことがあるので気をつけて！」

セリアがまたしても情報を伝達する。セリア、サラ、アルマの連携が見事すぎて迅速に排除できただけで、王城の中にはまだ多くのレヴァナントが残っているのだ。

加えて、こうしている間もアレイン達別働隊が空爆やら地上に降りて襲撃を仕掛けており、城内での戦闘が長引いている。

（レイスの旦那が操っている化け物か。正直、旦那もこいつらも得体が知れねえところはあるが……）

ありがたいことに違いはない。望外の援軍に驚いていたのはルッチ達も同じだったが、レイスが上空から手を回してくれたのだろうと推察してルッチは笑みを刻む。

「はっ、ちょうどいい！　化け物同士、仲良くやってくれや！」

「お前ら、今のうちに人質の確保だ！」

ルッチはこれ幸いにと、ヘルとイフリータを無視することにした。ヴェン達も即応して行動を開始する。

「ガウッ！」「グルァッ！」

向かってくるレヴァナント達を氷と炎のブレスで薙ぎ払うヘルとイフリータだが、硬質化した皮膚を持つ彼らには少しの耐性がある。あるいは痛みを感じていないのかもしれない。身体が凍ろうが、皮膚が溶けようが構わずに突っ込んできて、捨て身の体当たりを試みている。

一方で、ヴェンを初め残っていた傭兵の大半は、屋敷の傍に立つ沙月達のもとへ向かった。その数は十人。

「くっ……」

沙月が槍を振るって嵐風を発生させ、押し返そうとする。しかし、ヴェン達は横に散開して囲むように迫っており、十人中の六人が範囲外へと逃れた。すると――、

「今だ！　五人行け！」

と、セリアが張る障壁の中にいるルイーズが叫ぶ。

沙月が神装の能力を発動させたタイミングを見計らったのだろう。セリアに障壁の後方にも空洞を開けてもらい、中にいた騎士達五人が突撃を開始した。直後、セリアは瞬時に魔力障壁の前後にある穴を塞ぎ、もう誰も入れないよう出入り口をなくす。

「はあああっ！」

騎士達は沙月に吹き飛ばされて転がってきた四人の傭兵達が体勢を崩しているところを、容赦なく剣のどてっ腹で叩きつけた。当たり所が悪ければ死ぬかもしれないが、刺し殺さない辺りは後々尋問することも考慮して攻撃したようだ。

ともあれ、これで一気に四人の傭兵達を無力化させたことになる。魔剣の有無で戦闘力の劣る彼女達が焦って無謀なことをせず、粘り強く機を窺って獲得した大金星である。

一方で、まだ大量のレヴァナント達が残っているが、振り払おうと暴れ回るヘルとイフリータにしがみついて押さえ込むので手一杯らしい。

「ゴリ押しだ！　進め！」

ヴェンを含む残る傭兵達はやられた味方達を顧みることはせず、六人で取り囲むように沙月達へと突っ込んだ。そんな彼らを沙月、ラティーファ、ヴァネッサの三人が迎え撃とうとする。

が、流石に塞ぎ止めるのは厳しい。

そう思ったときのことだ。

「させません！」

窓からサラが飛び出てきて、隙間を抜けてシャルロット達に迫ろうとしていた傭兵を蹴り飛ばした。遅れて、サラと一緒に屋敷の通路を守っていた女性騎士二人も出てくる。

「サラお姉ちゃん！」

「遅くなりましたが、廊下の敵は片付けてきました」

ここでサラが現れたのは心強かったのか、喜ぶラティーファ達。

しかし、混戦は水物だ。戦闘中は視野が狭くなりやすく、多数が入り乱れている状況も相まって、思わぬ所に伏兵がいることがある。

この場面における伏兵はルッチだった。沙月達を襲ってきた傭兵達の中に、ルッチの姿が見えない。そのことに気づいたのか——、

「って、ちょっと待って！　黒い剣を持った人は⁉」

沙月が接近してきたヴェンの剣を槍で押し返しながら、慌てて一同に尋ねた。と——、

「ここだぜ！」

と、ルッチは自ら声を上げる。

現在、セリアが展開する魔力障壁の中には術者本人であるセリアと、負傷して意識を失っているアルマと、イフリータに魔力を供給した美春、ルイーズを含む騎士二人、そしてルッチが立っていた。

仲間の傭兵達やレヴァナント達を囮にし、ルッチは障壁の中にいる者達を狙ったのだ。セリアが空洞を封じた今、外部から侵入可能な出入り口は障壁にはないのだが、にもかかわらずルッチは中にいる。それは、すなわち——、

「くっ、やはり転移できたかっ！」

警戒していたのだろう。だからこそ障壁の中に残っていたルイーズが真っ先に反応し、ルッチに斬りかかった。

「極近距離で、時間をかければな！」

転移できるのだと、ルッチはコンパクトな動作で剣を振りはらい――、

「くっ、うぁっ⁉」

ルイーズの身体ごと、彼女の剣を吹き飛ばした。ルイーズの身体は障壁の内壁に当たってしまい、そのまま倒れてしまう。魔剣による身体強化をしているルッチとは膂力が違いすぎた。

「隊長！」「おっと」

残る女性騎士は一人。剣を振り抜いた直後のルッチめがけて彼女も剣を振るうが、素早く受け止められてしまう。

「先に邪魔な奴を排除しねえとな！」

ルッチは女性騎士だけが邪魔になりえると思っているのだろう。率先して排除しようとする。だが――、

「ごめんなさい！」

美春がルッチに両手を向け、そこから突風を解き放った。敵にも謝ってしまうところは彼女の性格が実に現れている。

女性騎士を巻き込まぬように調整した、というより、今の美春が咄嗟に放てる攻撃はこの程度が限度なのだが――、

「ぐおっ……」

予期せぬ一撃を食らい、今度はルッチの身体が障壁の内側に衝突した。

「《光弾魔法》。ナイスよ、ミハル！」

セリアは咄嗟の判断で魔力障壁を解除し、呪文を詠唱する。追い打ちをかけようと、転がる胴体に光弾を連射しようとする。が――、

「い、てえな、この糞女が！」

「きゃっ！」「うっ……」

ルッチも必死だ。さらには侮っていた美春に攻撃されたことがよほど腹に据えかねたのか、怒声を上げながらその場で転がって飛んできた光弾を避けた。ついでにセリアと女性騎士に足払いを仕掛け、勢いよく転倒させる。

「テメエは眠ってろ！」

「ぐあっ！」

ルッチは起き上がり様に左手の裏拳で容赦なく女性騎士の顔面を殴り気絶させた。そして――、

「よくもやってくれたなあ、おい！」

「痛っ……」

起き上がろうとしていたセリアの背中を、思い切り踏みつけた。

「セリアさん！」

「動くなよ、女！　そっちにいるお前らもだ！　こいつの身体を押しつぶすぞ」

呪文の詠唱もせず攻撃してきた美春を警戒しているのだろう。ルッチは剣の切っ先を美春の喉元に突きつけてから、屋敷の傍にいる沙月達にも警告した。

「ぐっ……」

と、沙月やサラは悔しそうに口を結び、歯を噛みしめる。

「どうやら勝負は決まったらしい」

ヴェンは鼻を鳴らして嘲笑し、対峙する沙月から距離を取った。他の傭兵達もわずかに後ろへと下がっていく。が――、

「ちっ、けっこうやられちまったな」

ルッチは無事な仲間の数を確認して舌打ちした。

屋敷とその周辺には合計で二十人の傭兵が投入されたが、今無事に立っているのはルッチとヴェンを含め七人しかいなかった。屋敷に突入した味方はサラ達に倒されたし、外にいた者達はヘルとイフリータが数を減らした。

「さて、とりあえずそこにいる騎士共は屋敷の方へ移動しろ」

「…………」

ルッチに指示され、障壁の外に出ていた騎士五人はしぶしぶと沙月達がいる屋敷の方へと移動した。

「それと、あの化け物共を出しているのはお前らの誰かなんだろう？　早いところ消してもらおうか」

ルッチがヘルとイフリータを一瞥し、続けて要求する。誰が使役しているのかはわからないので、全員の顔を見回した。

ヘルとイフリータには現在進行形でレヴァナント達がしがみついており、動きを封じ込めようとしているのだ。二体とも振り払おうと暴れているが、レヴァナント達に噛みつかれたり、爪で指されたりしており、引き離すのに難儀している。

が、逆に言えばレヴァナント達のことはヘルとイフリータが押さえ込んでくれていたということだ。だから、今その二体を消し去れば、数十体もいるレヴァナント達が一気に解き放たれてしまうことになる。

「なっ、今消したらあの魔物達も解き放たれるじゃない！」

沙月はギョッとして叫んだ。が――、

「そんなことは知らん」

ルッチはにべもなく一蹴する。

「いや、待て。あのまま放置させておけばいい」

待ったをかけたのはヴェンだった。

「あ？　なんでだよ？」

「あの化け物、お前に一度やられてもまた現れた。姿を消した状態でまたどこかで現れたら面倒だ。見える位置にいた方がいい」

「なるほどな……」

ヴェンの意見が妥当だと考えたのか、素直に納得するルッチ。

「その代わり、下手に暴れさせるなよ。無抵抗のまま魔物どもに襲わせておけ」

「っ……」

ヘルの契約者であるサラが怒りで身体を震わせる。実体化している状態で攻撃を食らうと精霊も普通の生物と同じように痛みは覚えるのだ。いくら霊体化して再度実体化する時に傷を回復できるからといって、痛みつけたまま放置することは精霊を信仰する彼女には耐えがたかった。

だが、要求に逆らえば美春とセリアの身が危うい。二人のすぐ傍にはアルマやルイーズ達も意識を失ったまま倒れている。大人しく堪えるしかなかった。

「まあいい。この黒髪の女とチビの魔道士、二人もいれば十分だ。とっととずらかるぞ。戻ってこい、お前ら」

ルッチは沙月達と相対していたヴェン達を呼び戻そうとする。

「ちょ、ちょっと待って！　こっちだって貴方達の味方を確保している状態なのよ！」

沙月が地面に倒れる傭兵達を見て言う。上手く交渉すれば人質交換できると思ったのだろう。しかし――、

「はっ、そいつらのことなら好きにしろ。俺らは納得の上ここに来ている」

ルッチは取り合うことをしない。それが全員の総意なのか、ヴェン達も異論を挟むことはしない。

「なんでよ……」

沙月は呆然と呟く。彼らは団長であるルシウスを殺したリオに報復するため、この場へ来ているのではないのか。

味方を殺害されたことに怒りを抱いて行動している者達が、今ここで味方に犠牲が出ることをよしとしている。理屈に合っていなすぎる。

というより、理屈では動いていないのだろう。身内に痛みを与えた者に同等以上の痛みを与えてやる。その過程でこちらがさらに痛みを負っても、最終的にそれ以上の痛みを相

手に与えられるのならばそれで構わない。そういうことなのかもしれない。

自分達だけが一方的にやられることをよしとしない。許せない。だから、嫌がらせをしてやりたい。要するに、理屈ではなく、感情で動いているのだ。

「お前らはこいつを見張っていてくれ」

ルッチは踏んづけていた足をセリアから退かすと、雑な手つきで服ごとセリアを掴み上げた。そして、少しずつ近づいてきたヴェン達がいる方に放り投げる。

「きゃっ！」

セリアは為す術もなく地面を転がった。

そしてルッチの視線は、剣を突きつけた美春へ向き――、

「残念だったな。あの野郎と関わりを持ったせいで、お前は俺らに攫われる。この先お前とそこに転がる女はあの野郎と関わりを持ったことを後悔するような扱いを受けるだろうが、恨むなら奴を恨めよ？」

ルッチはこれ見よがしに下卑た笑みを浮かべ、美春を脅した。

「っ……」

美春は身体を震わせるが、恐怖を押し殺そうと必死に拳を握りしめている。

「ちょ、ちょっと！　私は勇者よ！　攫うなら私にして！」

「わ、私はお兄ちゃんの妹だもん！」

美春とセリアを守らねばと思ったのだろう。沙月とラティーファが慌てて自分を擁うように訴えかける。さらには、サラにフローラ、どちらかといえば感情で動いてしまうタイプの少女二人もそれに続く。

すると、少女達の態度が気にくわなかったのか――、

「はっ、やり返されるかもしれないのに、守らないといけない奴をこれだけ大勢傍に置いているんだ。あの野郎も馬鹿だなあ。だが、そうなるとお前が攫われるのはやっぱり奴が悪いってことになるな。そのことをたっぷり教えてやるから、心置きなく奴を恨めよ」

ヴェンがわざとらしく語って、リオに対する悪意を少女達にまき散らした。

「っ……」

それで顔をしかめる沙月。

（……そうか、こういうことがあるかもしれない。そう思ったから、ハルトくんは夜会の時に……）

美春を自分から遠ざけようとしたのだと、沙月は苦い顔になった。このままではリオが危惧していた通りになってしまうと、ひどく焦燥していると――、

「ち、違います！」

美春が珍しく声を大にして叫んだ。

「あん？」

「ハルトさんは私のことを遠ざけようとした。けど、それでも私がハルトさんと一緒にいたいって言ったんです！　だから、ハルトさんは悪くない！」

と、美春はルッチ達と対立することを恐れずに、こちらも彼女にしてはとても珍しく感情を前面に押し出してリオを擁護する。すると――、

「……そうね。だから、私達は撥ねのけないといけない。ハルトに守られてばかりで、お荷物なんかになりたくないから……！」

セリアもうつ伏せの状態で両腕を使い弱々しく立ち上がろうとしながら、声をひねり出して自らの決意ともとれる思いを口にした。

「ちっ、マジで白けやがるぜ……。だったらどうするよ!?　いくら気張ってみたところで現実は変わらねえぞ、おい！」

「おい！　もういい、ルッチ」

怒気たっぷりに喚き散らすルッチを、ヴェンが呼び止める。

「あん!?」

「それ以上は拉致った後にしろ。アレイン達の負担も大きい。さっさとずらかるぞ」

そう言って、ルッチは今も上空で城の空挺騎士達を塞ぎ止めているアレインの部隊を見上げた。

「……わーったよ。だが、こいつはさっき呪文も唱えないで俺に攻撃してきたからな。移動中に何かされても面倒だ。さっきの礼も兼ねて、とりあえず眠ってもらうとするぜ」

不承不承頷くルッチだったが、思考を切り替えるのは早かった。突きつけていた切っ先をいったん美春の首筋から離すと、そのまま剣の腹で顔を殴ろうと振りかぶる。

「っ……」

来るべき衝撃に怯え、美春は目を瞑った。

次の瞬間、聞こえたのは刀身が顔に直撃する音――、

「遅くなり、誠に申し訳ございませぬ」

ではなく、刀身が何かにぶつかる衝撃音と、美春を優しくいたわるような太い男性の声だった。美春は恐る恐る目を開ける。

「ゴウキ＝サガ、義によって参戦いたす」

果たしてそこにいたのは、ルッチの剣を刀剣で受け止めるゴウキの姿だった。

【間章】 ※ 道中記

時は少し遡る。

ルッチに刺され、アルマが倒れた頃のことだ。

王都ガルトゥークより数キロメートル離れた山間部に。

オーフィアがゴウキ達を引き連れ、転移してきた。

「では、急ぎましょうぞ。オーフィア殿、案内をお願いいたす」

ゴウキがすかさず移動を促す。オーフィア事情はここへ転移してくる前に聞かされている。オーフィアが里へ転移する直前、王都に不穏な黒い何かが無数に落下していったと。

だから、美春達がいるお城で何かよからぬことが起きている可能性もあると、大急ぎでここまで戻ってきたのだ。とはいえ――、

「はい、でもエアリアルに乗れる人数は八人……、いや、空で戦闘になって飛び回る可能性を考えると五人くらいがいいかもしれません」

オーフィアは自力で飛べばいいとして、ゴウキ達は結構な大所帯だ。

一行の代表であるゴウキと、その妻カヨコ、娘のコモモ、村からリオを追いかけてきたサヨに、妹が心配で追いかけてきた青年のシン。さらには、ゴウキ達に長年仕えてきた従者達が十二人もいる。

「では、この場に残る者と二手に分けましょう。三人、儂とカヨコに付いてきなさい。アオイ、シン、サヨ、お前達はコモモと一緒にこの場に残るのだ」

と、ゴウキが指示し、王城へ向かうメンバーがすぐに決まっていく。

「こっちは岩の家を設置しておきました」

オーフィアは突貫作業で近くに岩の家を設置しており、サヨやコモモはとりあえずそちらで待機することになった。

何か起きているかもしれないという根拠はオーフィアが転移間際に見た無数の黒い何かのみ。もしお城に何も起きていなければ徒労に終わるわけだが、何も起きていないのならばそれはそれで良いことだ。急ぐに越したことはない。

しかし、急いで駆けつけたのが取り越し苦労などではないことは、王都に向かう途中でわかった。

「……何、あれ？」

最初に気づいたのは先行して空を飛んでいたオーフィアだ。今彼女達が飛んでいるのは地上から五百メートル上空だが、そこよりもさらに高い進行方向上空から急降下してくる大量の何かを発見する。

数は軽く五十はいるだろうか。それらはまっすぐと、オーフィア達めがけて高速で接近してきており――、

「っ、下位の亜竜(ありゅう)かもしれません！」

すぐに相手が何なのかに気づき、オーフィアが叫ぶ。未開地で旅をしている間に何度か見たことがある翼竜(よくりゅう)とよく似ていたのだ。

「アレが、亜竜……。ほう」

初めて亜竜を目にしたのか、ゴウキは物珍(ものめずら)しそうに瞠目(どうもく)している。

「たぶん翼竜です。でも、なんでこんな場所に大量に……」

亜竜のテリトリーは未開地のはずだ。稀(まれ)にシュトラール地方にもはぐれの個体が紛(まぎ)れ込んでくることがあるらしく、それを捕(つか)まえて繁殖(はんしょく)させたり、グリフォンのように騎獣(きじゅう)化できないか試みたりしている国もあるが、かなり難しいらしいとは以前に未開地で見かけた際にリオから聞いたことがあった。それがどうしてこんなに大量の群れでガルアーク王国城付近にいるというのか。

しかし、オーフィアが知る翼竜とは異なる点もあった。まずはその皮膚の色がブラック

ワイバーンのように漆黒であること。そして――、

「なんとっ！」

翼竜……によく似た生物達は大きく口を開くと、オーフィア達を焼き殺さんと火炎のブレスを勢いよく吐き出した。

「はああっ！」

オーフィアは翼竜もどきに向かって飛翔し、背後のエアリアルとその背に乗るゴウキ達を守るように風の障壁を展開した。

ブレスの軌道はすべて綺麗に逸れていく。

「お見事っ！」

ゴウキは呵々と声を出してオーフィアを褒め称える。そして――、

「こやつら、儂らが城へ向かうのを阻止するように現れおった。オーフィア殿が見かけた黒い球体とやらとも無関係ではなさそうであるなあ」

と、独り言ちるように推察する。

根拠があるわけではない。だが、ゴウキが長年をかけて積み重ねてきた戦闘経験に裏付けられた勘というか嗅覚が、そのように嗅ぎ取っていた。

と、そこで――、

「来ます！」

ゴウキ達を噛み殺さんと、翼竜達が急接近してくる。

「殺るしかありませぬな！」

ゴウキはそう言うや否や、エアリアルの背から勢いよく飛び出す。重力に従いそのまま地上へ落下していく。と、思いきや――、

「ははっ、便利、便利。流石はドミニク殿」

宙を蹴って、文字通り空を走り駆けていく。その秘密は両足に履く靴にあった。この靴はドミニクが製作した魔道具であり、足場となる極小の魔力障壁を発生させることで空中での跳躍や疾駆を可能とする逸品なのだ。

サラやアルマであれば精霊術で同じことができるが、なかなかに繊細な魔力コントロールが要求される術であり、人間族であるゴウキでは新しく習得しようとすると時間がかかってしまう。そこで、扱いにちょっとしたコツはあるのだが、使い方を覚えるまでの補助器具として靴を製作してもらったというわけだ。

（リオ様やオーフィア殿のように自在に空を飛ぶことはできぬが……）

これで某も空で戦えるようになったと、ゴウキは喜んでいた。そして、これが初の空での実戦である。果たして――、

「ふんっ！」

ゴウキは翼竜の一体に正面から突っ込み、すれ違い様に片刃の刀を抜き放った。そのまま硬質な翼竜の皮膚を、胴体ごとするりと一刀両断してしまう。

「いやはや、本当にドミニク殿には感謝してもしきれぬ。素晴らしい切れ味だ」

これぞ名刀。名は鎌鼬と、命名されたこれは、ヤグモ地方の武具に興味を持ったドミニクがゴウキのために鍛えた逸品だ。

所有者であるゴウキが得意とする風の精霊術との相性が特に大変良く、リオの剣のように刀身に術を纏わせて放つこともできる超一級の武具だった。

なお、翼竜もどきは空中で霧のように霧散し、魔石が宙に残って落下していった。

（……魔物？　翼竜じゃない？）

魔石を残したことから、そう判断するオーフィア。戦闘中なのでわざわざ拾いに行っている場合ではないが、分析は必要だろう。

オーフィアは精霊術で雷球を数個発生させると、それらを高速射出して翼竜もどき達に放った。雷球のいくつかがヒットするが――、

「ギィアア⁉」

翼竜もどきは衝撃で多少ふらつきながらも、飛行を継続する。

（術の効果が薄いのは翼竜と似ている）

おかげで敵のスペックはわかった。本来なら扱えないブレスを放つことができる翼竜と考えて相違ない。

「魔力をエネルギーに変化する術の効き目は効果が薄いです。精霊術で攻撃するなら物質的な質量や衝撃でダメージを与える術を発動してください！」

オーフィアはすぐに思考を切り替え、必要な情報を一同に伝えた。

「なるほど。心得ました。いいですね、御前達」

と、まだエアリアルの背中に乗っているゴウキの妻カヨコが、同行させている従者三人に言う。

「御意！」

「では、参るとしましょう。お荷物として参ったのではありません。そのことを示すように」

カヨコはそう言い残して、エアリアルの背から飛び降りた。従者達もそれに続く。彼らは幼少期からゴウキとカヨコに戦闘術を仕込まれた育った精鋭だ。臆することなく空を疾駆し始めた。

ちなみに、カヨコが手にする武器は小太刀である。いくら空を疾駆できるようになった

とはいえ、空を飛ぶ翼竜が相手ではいささかリーチが心許ないようにも思えた。が——、

「グア⁉」

カヨコの小太刀から一条の水が十数メートル伸び、鞭のように翼竜の身体に巻き付いてから締め上げた。空中で動きを封じられた翼竜もどきはバランスを崩す。

「ふむ……」

カヨコは翼竜もどきをぐいと引き寄せながら、同時に自らも駆け寄った。それからもう一本の小太刀を鞘から抜き放つと、脳天をすとんと突き刺してしまう。それでその翼竜もどきは絶命し、魔石を残して消滅してしまった。

（本当に見事な切れ味ですね。ずいぶんと硬質で分厚い皮膚に思えましたが……）

それこそ水でも刺すように、小太刀が脳天に吸い込まれていった。カヨコが手にする二振りの小太刀も、ドミニクが鍛造した超一流の武具である。こちらはカヨコが得意な水の精霊術に最適化されていた。

（頭蓋を刺せば一撃で死ぬのなら、わざわざ拘束することもありませんね。魔力の無駄遣いは抑えられそうです。地上に降りてどの程度戦うことになるかもわかりませんし）

と、考えている間に、次の翼竜もどきがカヨコを噛み殺そうと眼前に迫っていた。しかし、いざ噛み殺そうと口を開いたところで——、

「それだけ口を開けては視界が遮られるでしょうに。お行儀が悪い」

と、カヨコが呟く。あえてギリギリまで引きつけていたのだろう。翼竜もどきが閉じた口にカヨコの身体は収まっていなかった。

「グッ……!?」

上からの重圧を感じて、翼竜もどきの身体がガクンと下がる。カヨコが上に跳躍したかと思えば下に跳躍し、そのまま頭蓋に小太刀を差し込んだのだ。

堪らず悲鳴を上げようとした翼竜もどきだが、その瞬間には視界が真っ暗になって身体の霧散が始まっていた。

「ようし、サッサと片付けるぞ!」

前後左右上下とすべての方向から敵が襲いかかってくるのが空中戦の怖いところだが、ゴウキもカヨコも空中戦が不慣れなことを感じさせない立ち回りで接近してくる翼竜もどき達を屠っていく。ゴウキの従者達は三人で連携しており、こちらも危なげなく仕留めている。

(すごいなあ。私はああいう戦い方はできないから、氷を操って……)

感心するオーフィアだが、自分も戦わねばと精霊術を発動させる。単純に魔力の冷気を放っただけでは凍りにくいことが予想されたので、氷の槍で突き刺すことを選んだ。セリ

アが固定砲台型の術士ならば、オーフィアは移動砲台型の術士である。飛行の精霊術を発動させながら周辺に氷の槍を浮かべ、接近してくる翼竜もどき達を迎撃していった。

「キュイィ！」

オーフィアの契約精霊であるエアリアルは風を操っては翼竜もどき達を押し返し、一度に襲いかかってくる個体の数を調整している。

そうして、ほんの数分もしないうちに、三十以上の翼竜もどきが屠られてしまう。すると、近づいて斬り殺されるのを嫌ったのだろうか。

「ギィアアア！」

翼竜もどき達はゴウキ達を噛み殺そうとするのを止めて、距離を置くように包囲を開始した。

「むっ、動きが変わった。皆、いったん下がれ」

「エアリアルの背中に乗ってください。ブレスを放つみたいです」

ゴウキとオーフィアが指示し、オーフィア以外の自力飛翔できない者達はいったんエアリアルの背中に戻る。と――、

「グアァァァ！」

翼竜もどき達はオーフィアの予想通り、ブレスを吐いて一行を焼き殺そうとした。しか

し、オーフィアとエアリアルが操る風がそれを許さない。

「普通の翼竜なら勝てないと思った相手には挑んでこないんですけど……」

　この場にいるのは明らかに普通の翼竜ではない。魔石を残す魔物だ。何かがおかしいと改めて感じているのか、オーフィアが顔を曇らせる。

「ふうむ。妙に統率された動きをする。群れの長であるような動きをしている個体は見受けられぬが……、やはり足止めが目的のように思えてならぬ」

「空を駆けることができるようになったとはいえ、自由に空を飛ぶ手合いに逃げに専念されると面倒です」

「うむ、リオ様の屋敷で何か問題が起きているのかはまだわからぬが、このままここで足止めを喰らうのも癪であるしな」

　自分達を取り囲む翼竜もどき達を訝しそうに見回すゴウキと、戦闘が長引きそうな予感を感じているのか億劫そうな顔になるカヨコ。すると――、

「皆さん、エアリアルに乗って一足先に王城の様子を見てきてくれませんか？　ここは私が受け持つので」

　と、オーフィアが提案する。

「む、よろしいのですか？」

「はい。おかげでだいぶ数は減りましたし。王都までもう目と鼻の先です。それに、もしものことがあったら困りますから。エアリアルならリオさんの屋敷がある場所もわかっていますし、そこの上空へ向かうよう指示しておきます」

オーフィアが思い出すのは転移間際に見た王都に降り注ぐ無数の黒い球体だ。様子の確認は可能な限り早くしておきたい。

現在地から王都まで一キロメートルといったところだ。エアリアルなら急げばすぐにたどり着いて現場の確認ができるだろう。

「確かに……。心得ました。特に異常がないようであればすぐに戻りますゆえ」

翼竜もどき達が距離を置き始めて戦い始めた以上、近接戦を最も得意とするゴウキ達では相性が悪い。この場で最も空中戦に適性があるのが飛行の精霊術を使えるオーフィアであるから、役割分担を行った方が効率も良さそうだった。

現に今こうして話している間も翼竜もどき達がブレスを吐いているが、オーフィアは風の障壁を展開して見事に防いでいる。一人の方が戦いやすい可能性すらある。

「はい、こっちもすぐに片付けて向かいます。話している内に必要な魔力も練り上げたので、大規模な術を発動させます。合図をしたらエアリアルを出発させますね」

「御意」

と、ゴウキが頷く。それから――、

「行って、エアリアル！」

「キュィイイイ！」

オーフィアの指示に従い、エアリアルが王都に向かって飛翔を開始した。それまでは風の精霊術を使ってその場に留まり続けていたが、ばさりばさりと羽を動かした途端に急加速していく。

「グアァァァ！」

翼竜もどき達はブレスを向ける。が、エアリアルは風の障壁を展開しているのか、ブレスは明後日の方角に逸れていく。そうして、エアリアルが離れていったところで――、

「貴方達の相手は私だよ！」

オーフィアが攻撃を開始した。

自分を取り巻くように、大きな竜巻を空中に発生させる。

「グァァ⁉」

翼竜達は竜巻に呑み込まれ、たちまち自力飛行ができないほどにバランスを崩した。しかし、竜巻に巻き込まれてもそれ自体で彼らがダメージを負うことはない。地上に落下させてダメージを与えるのも手だが、オーフィアは彼らをそのまま遥か上空へと放った。そ

して、竜巻から逃れてバランスを崩したままの翼竜もどき達を狙って氷槍を射出する。

「ギィァ⁉」

氷槍は吸い込まれるように翼竜もどき達の身体を貫いていった。一本では消滅しない個体もいたが、そこは追加の攻撃を放つことで対処する。

「……よし！」

オーフィアが翼竜もどき達を全滅させたのは、ちょうどゴウキ達がリオの屋敷上空付近に到達した頃のことだった。

一方、自らは遥か上空に姿を隠し、翼竜もどき達にオーフィア達を襲わせて足止めを図って様子を観察していたレイスだったが――、

（最初に個体数を減らしたとはいえ、邪翼竜の群れ五十体をあっさりと殲滅ですか。彼女が術士タイプである以上、中位精霊を含め、亜竜にとって相性が良い相手だと踏んだのですが……）

とんだ思い違いだった。それでオーフィアを倒せるとも思ってはいなかったが、手こずるだろうとは踏んでいた。時間稼ぎの目的は達成できるだろうと考えていた。

翼竜は飛行する亜竜種の中では最弱だが、決して弱い存在ではない。皮膚は硬いし、魔力を弾く性質を持ち合わせているし、鋭い牙を持ち、空を飛び回ることができるのだ。加えて、レイスが放った個体達はブレスまで操る。弱いはずがない。

魔力を弾く皮膚を持ち合わせている以上、基本的には精霊術士や魔道士との相性が良いのが亜竜なのだ。そんな亜竜を典型的な術士タイプと思われたオーフィアにぶつけたレイスの戦術は間違いではなかった。

計算外の事態があったとすれば、オーフィアがエルフの中でも特に精霊術の素養に長けているハイエルフであったということだ。

空を飛翔する精霊術はかなり高度な術である。それゆえ、飛翔しながら大規模な術を発動できる精霊術士は精霊の民であろうとそう多くはないが、オーフィアはその例外に該当する精霊術士だった。

（それに、またずいぶんと強そうな援軍のご到着だ。ああも厄介そうな使い手ばかり、いったいどこから連れてくるというのか……）

くつくつと、レイスは愉快そうに笑っている。目論見を崩され、本来ならば怒りを抱くべき場面なのに笑っていられるのは、本人にもわからない。

（どうやら私は黒の騎士とその契約精霊ばかりに気を取られていたらしい）

知らず知らずのうちに、その周りにいる者達のことは過小評価していた。確かに能力は高いかもしれないが、放っておいてもどうとでもなる、と。

しかし、こうも能力が高い人材ばかりが集結しているとなると、小国どころか大国以上に存在感のある一大勢力だ。

（最も厄介なのが黒の騎士であることに間違いはない。彼に対する保険は欲しい。ですが最悪、黒の騎士に対する人質を確保できずとも、今後のために厄介な戦力を少しでもそぎ落とす方針に転換するべき、ですかね。幸い今回の襲撃は天上の獅子団の手によるものと見なされることでしょうし）

たとえ人質利用できそうな相手であろうと、生死を問わず、攻勢に出る。

（ともすると、私の生存に確信を持たれてしまうかもしれませんが……）

それでも構わない。

そう決めた瞬間だった。

【第五章】❈英雄殺し

　エアリアルに乗ったゴウキ達が王城にたどり着き、眼下で目の当たりにしたのは、敷地内の随所で騎士達が襲撃者と戦う様子だった。

　現在地は王城の上空百五十メートル。百メートルほど下の辺りでは、空挺騎士と傭兵達がグリフォンに乗って飛翔しながら魔法を打ち合っている姿も見える。

「これは、思っていた以上に大事であるな……。エアリアルがリオ様の屋敷を知っているということであったが……、む、この真下か」

　ゴウキがリオの屋敷を発見する。というのも――、

「皆様のお姿が見えますね。どうやらだいぶまずい状況のようです、御前様」

　美春やセリア達の姿を確認できたからだ。今まさに、ルッチが美春とセリアを人質として捕らえているところである。それだけで状況は掴めた。

　迷う必要などない。

「……下郎共め。ゆくぞ、カヨコ」

降りた。

ゴウキは上空百五十メートルの位置で滞空しているエアリアルの背から、躊躇なく飛び降りた。

「御意。御前達はエアリアルに乗せてもらって降りてきなさい。これがリオ様のための初陣です。情けない姿など見せぬよう」

と、従者達に言い残して、カヨコも遅れて飛び降りた。かくして、カラスキ王国で名の知れた最強の夫婦が救援へと向かうことになる。

反発力のある足場を作ることで、二人は落下しながら地面へと駆け下りていった。空気抵抗をものともせず、わずか数秒で地上に到達する。従者達にはまだできない芸当だ。

「…………」

最初に地上に足をつけたのは、先にエアリアルから飛び降りたゴウキだった。着間際に足場を作り、衝撃を吸収して音もなく地面に着地する。すぐ傍には――、

「さっきの礼も兼ねて、とりあえず眠ってもらうとするぜ」

そう言って、今まさに剣を振りかぶって美春の顔を殴ろうとするルッチがいた。同じ濡れ羽色の長い髪をしているからだろうか。ゴウキの目に映る美春の姿が、リオの母アヤメの若かりし頃と被る。

（なんとしてもこの御方をお守りせねば。某が参上した以上、指一本触れることすらまか

り通さん）

　ゴウキはルッチの攻撃を防ぐことを最優先とした。美春とルッチの間に割り込むと、振り払われた漆黒の剣を自らの刀で受け止め――、

「遅くなり、誠に申し訳ございませぬ。ゴウキ＝サガ、義によって参戦いたす」

　粛々と、参上の口上を述べる。

「っ、誰だ、テメエは!?」

　ルッチはハッと我に返るように激昂し、ゴウキを押し飛ばそうと剣に力を込めた。しかし――、

「黙らぬか、下郎め！」

「なん、だと!?」

　押し返したのはゴウキの方だ。

　剣に力を込めたのではない。グンと、前に踏み込むと、それだけでルッチの身体を押し飛ばしてしまった。

　と、同時に、ゴウキはさらに前へと踏み込んだ。直後、どろんと、ゴウキの身体が煙のようにルッチの前に現れる。

「ルッチ！」

そう叫んだのは、ルッチの仲間である傭兵のヴェンだった。ルッチが押し返された瞬間にはカバーしようとゴウキに向かって走り出していた。だから間に合った。一瞬でも走り出すのが遅れていたら、ルッチは斬り伏せられていただろう。

「ふむ……」

ゴウキは脇から入り込んできたヴェンの剣をするりと避けると、いったん美春の傍へと下がった。

「御前様、こちらはセリア様の身柄を確保しましたよ」

いつの間にか着地し、その上で傭兵達の傍に倒れていたセリアの身柄を確保していたカヨコ。セリアを抱きかかえてゴウキの隣へ合流する。

「うむ」

ゴウキは満足そうに頷いた。一方で――、

「なっ……、いつの間に!?」

「なんだ、このオッサンとババアは!?」

ルッチとヴェン、そしてまだ健在な味方の傭兵五人が愕然としながら、じりじりと一箇所に集まっていく。

「ババアですか。失敬な下郎ですね。私はまだ四十少しなのですが」

カヨコの瞳に冷ややかな色が浮かぶ。と、そこで――、

「キュィィ！」

エアリアルも地上十数メートルの位置まで降りてきて、その背中からゴウキの従者達三人が舞い降りてくる。三人はゴウキとカヨコ、そして美春のすぐ傍で倒れるアルマやルイーズ達を取り囲むように着地した。

「さて、なかなか動ける下郎共らしいので守りを固めるのを待ちましたが、これにて何の憂いもなくこ奴らを成敗できます。それでよろしいですかな、ミハル殿？　状況的に伺うまでもないと考え防衛を開始しましたが」

はらわたが煮えくり返っていなそうな目で油断なくルッチ達を睨みつつも、なんとも冷静な状況判断を下していたゴウキ。

「は、はい。ありがとうございます……」

よほど緊張して張り詰めていたのだろう。美春は頷くと軽くふらついてしまう。だが、これでも大丈夫だという確信もあった。だから、すぐに姿勢を立て直す。

「心得ました。はてさて、何者かは知らぬが、我らが主君と敬う御方の大切な方々に手を上げたのだ。ただで帰れるとは思うなよ？」

ゴウキのまなじりがひときわ強く光り、男達を睥睨した。

「っ……」

傭兵達は例外なく強い危機感を抱いたのか、じりと後ろに下がってしまう。傭兵としての戦闘経験で、ゴウキの強さを本能で感じ取ってしまったのだ。相当にやる、と。

「ゴウキさん！　お兄ちゃんのお父さんとお母さんを殺した人の部下達です！　黒い剣を持っている人に気をつけて！　強力な黒い衝撃波を放つのと、刀身と本人を転移させる力があるみたいです！」

ラティーファがルッチ達の情報を伝えるべく叫ぶ。

「ほう？」

ゴウキが着目せざるをえなかったのは、その能力よりも傭兵達の素性に関してだった。双眸に宿る炎がゆらりと燃え上がる。

(よもやこのような機会をお与えいただけるとは……)

ぶるりと、思わず武者震いをするゴウキ。気がつけば――、

「ようやくだ。ようやく、あの方に忠義を尽くすことができる」

と、口を動かしていた。しかし――、

「あん？」

その言葉はすぐ傍に立つカヨコ以外には聞こえなかったらしい。

「……私も出ます。お前達だけでミハル様とセリア様達を守れますね？」

カヨコはセリアの身体を部下の一人にそっと委ねると、ゴウキの隣に並び立った。流麗な手つきですするりと小太刀を抜き放ち、冷たい視線をルッチ達に向ける。

「どうやら儂らはますます貴様らをただで帰すわけにはいかなくなったらしい。これ以上の状況確認はもはや不要」

そう言って、各々の得物を構えるゴウキとカヨコ。直後――、

「ゴウキ＝サガ」

「並びにカヨコ＝サガ」

などと、ゴウキとカヨコは口上を述べる。そして――、

「我らが主君と定めし御方のため！」

「押して参ります！」

カラスキ王国が誇った最強の夫妻は、そう叫ぶや否や、五メートル以上はあった間合いを一足飛びに埋めてしまった。

「速いぞっ⁉」

咄嗟に散会しようとする七人の傭兵達。だが、ゴウキとカヨコも左右に展開して、散ろうとした両端の男にそれぞれ迫った。

「くそっ！」

近づかれた男達は咄嗟に剣を構えたが、そのまま押し込まれては数合ともたずに剣を弾き飛ばされ、無力化される。

「ふざけるなっ！」

残る傭兵は五人。無力化された二人のすぐ傍にいた別の傭兵二人が、それぞれゴウキとカヨコに向かって剣を振るう。

が、ゴウキとカヨコはするりと傭兵達の眼前から姿を消して、斬撃を躱した。

実際には、その場ですとんとしゃがみ込んだことにより、目の前の相手には消えたように見えたのだ。そして、その次の瞬間——、

「ぐっ⁉」

男達の身体が大きく上に吹き飛ぶ。

ゴウキとカヨコが手にした刀と小太刀の刃が付いていない側をそれぞれ振り上げて、男達の下顎に叩きつけたのだ。宙空で脳震盪を起こし、男達の意識が消える。残る傭兵はルッチとヴェンを含め、瞬く間に三人となってしまった。

「お、おいおいおい！」

「やべえぞ、このオッサンとババア！」

残った三人はかろうじて夫妻から距離を置いて、激しく取り乱した。が、そうこうしている間にも間合いを埋めようと、ゴウキとカヨコが左右から三人に迫っていく。

「っ、下がれ、お前ら！」

ルッチはしゃにむに魔剣(まけん)に魔力を込めて、ゴウキとカヨコを巻き込むように漆黒の衝撃波を拡散させた。が——、

「甘(あま)いわ！」

ゴウキもカヨコもひょいと縦に跳躍して、衝撃波を避けてしまう。

通常ならば、戦闘中に大きなジャンプを不用意にすると隙(すき)を生む。人は空中で自由に動くことができない。ゆえに跳躍後、地面に足をつけて体勢を整えるまでの間、人は周囲からの攻撃をくらい放題になる。選択肢(せんたくし)は落下しながら攻撃を放つか、迫ってくる攻撃を受け止めることのみ。

「馬鹿め！」

戦い慣れている傭兵達だからこそ、反射的にその隙を衝(つ)くことにした。ヴェンともう一人の傭兵が、落下中のゴウキとカヨコめがけて突進(とっしん)していく。

しかし、いきなり現れてはこれほどの大立ち回りをしている二人のことを、もっと警戒(けいかい)するべきだった。ゴウキもカヨコも空中でしゃがむような姿勢を取って跳躍し——、

「っ⁉」

気がつけば、夫妻は地面に足をつけていた。突撃してきたヴェンともう一人の傭兵の背後に立ち、背中を向けている。遅れて――、

「なん、だと……?」

ヴェンともう一人の傭兵が、朦朧とした瞳でどさりと地面に倒れる。ほぼ同時に、先ほどゴウキとカヨコが下顎を打ち抜いて昏倒させた二人も、地面に落下してきた。

「お前らっ！　くそっ、てめえら！」

ルッチが身体を震わせて吠える。

「安心せい。あの御方に仇なそうとした以上、捨て置くつもりは毛頭ないが、とりあえず加減はしてやった」

「この程度の窮地で、下郎の薄汚い血と死体などお嬢様方にお見せするものではありませんからね」

「他に妙な企てはないか、尋問する必要もある。必要な沙汰はその後下すとしよう」

ゴウキとカヨコが淡々と告げる。

「そういうことじゃねえっ！　ふざけやがって！」

「ふざけておるのは貴様らだろうに。さしずめルシウスなる男を討ち取られた逆恨みでこ

のような真似をしているのだろうが……」

此奴は儂がやる――、ゴウキは目線でカヨコに合図しながら、ルッチに応じた。そのまままじりじりと近寄っていく。一方で――、

「す、すごっ。なに、あの人達……」

ゴウキ達のことを知るラティーファやサラはともかく、その素性をよく知らぬ沙月、シャルロット、クリスティーナ、フローラなどは呆気にとられながら、その凄まじい戦いぶりを見つめていた。

「大丈夫！　味方だよ！」

ラティーファが嬉しそうに告げる。

「あとはあの魔物達の処理ですね……」

六人の傭兵達は瞬く間に倒れていき、残るはルッチ一人だ。サラが険しい面持ちで、屋敷から少し離れた位置に群がるレヴァナント達を見た。

こうしている間もヘルとイフリータは数十体のレヴァナント達に押さえ込まれており、肉を抉られ、噛みつかれ、身動きがとれずにいる。おそらくは既に実体化を保てなくなるギリギリの状態だ。

にもかかわらず二体の中位精霊がじっと堪えているのは、自分達が霊体化してしまうと

数十体のレヴァナント達が一斉に解き放たれてしまうからだろう。だが、形勢が逆転した今ならば、いくらでも処理の仕様はある。すると――、

「ヘル、イフリータ！　ありがとう、もう消えても大丈夫だよ！」

と、頭上から声が響く。

そこには弓を構えたオーフィアの姿があった。

「オーフィア！」

サラが喜びの声を上げるのと同時に、ヘルとイフリータは安心して霊体化してその場から姿を消した。

と、同時に、レヴァナント達が押さえつけていた対象がいなくなる。この後どのような行動を開始するのかわからないが、サラ達に敵対することだけは確かだろう。

しかし、レヴァナント達が次の行動を開始するよりも前に、オーフィアが一本の超巨大な光の矢を放った。

射出に至るまでは相応のタメを要する威力の事象だが、空中にいた彼女には敵に気づかれずにタメを作る時間はいくらでもあった。

光の矢はたちまち二本に分散していき――、

「グアアアアアッ⁉」

ヘルとイフリータが直前まで実体化を保っていた地点に降り注ぐ。

質量を宿したエネルギーの塊はその場にいたレヴァナント達をまとめて圧殺し、直径十メートル程度のクレーターを二つ作って消滅した。その場には大量の魔石だけが残る。

「これでよし、と」

オーフィアが気を失ったアルマの近くに着地する。形勢は完全に逆転した。ここに至るまで、ゴウキ達が現着してからほんの一、二分の出来事である。

「ははは、痛快痛快。流石はオーフィア殿」

ゴウキは派手に魔物達を片付けたオーフィアの攻撃を横目で確認すると、呵々と哄笑した。そして――、

「さて、こちらも幕引きといこうか」

この場に残る最後の敵、ルッチを片付けることにする。

「くそがっ！」

ルッチは叫びながら、ゴウキに向かって駆け出した。ゴウキも前へと打って出る。二人はたちまち肉薄し、互いの得物を振るった。

かくして、目にも止まらぬ斬り合いが繰り広げられる中――、

「ふん、解せぬなっ！」

ゴウキが不快そうに叫ぶ。

「何がだっ⁉」

ルッチも吠える。

「身内がやられて、なぜ怒る？　なぜ感情的になる？」

「仲間だからだろうが！」

「至極まっとうな価値観も持ち合わせているくせに、仲間以外の他者は大切にしようとはせぬ！　平気で人の大切な物を奪う！　矛盾しているではないか！」

「この世は弱肉強食だ！　仲間じゃねえ奴なんざ、どうなろうが知ったこっちゃねえ！　矛盾はしてねえ！」

「問いの答えにはなっておらんわ！」

ここでゴウキの刀が、剣ごとルッチを吹き飛ばす。ルシウスの魔剣により、ルッチの肉体には他の傭兵達よりも強力な身体強化が施されているが、対するゴウキも精霊術によって同程度に強化を行っている。身体強化の度合いは互角。

だが、両者の技量は異なるのだ。

「くそっ！」

大きく後退するルッチ。その表情に余裕は一切ない。ゴウキの攻撃を捌ききれず、浅い斬傷も蓄積(ちくせき)している。

「ならば問いを変えてやろう。弱肉強食と仲間意識が両立するというならば、なぜ貴様らより強いハルト様に逆恨みの報復をせんとする。この矛盾を説明してみるがいい。ハルト様は貴様らの頭目を倒した御方ぞ。弱肉強食を信条とするのであれば、以降は敵対せぬよう平伏(へいふく)して許しを請(こ)うか、関わりを持たぬよう隠れ住(す)むのが必定であろうよ」

ゴウキはいったんルッチと距離を置いたままスッと切っ先を向けて、新たな問いを投げかけた。なぜハルトに戦いを挑むのか、と。

「なんっ……ぐっ！」

感情の勢いに任せて反駁(はんばく)しようとしたルッチだったが、言葉に詰まってしまう。理屈(りくつ)立て反論することはできないようだ。

「ふんっ、答えられぬか。道理も弁(わきま)えぬ小童(こわっぱ)めが」

「……そんな惨(みじ)めな真似、死んでもできるかよ！」

プライドが許さないと言わんばかりに、ルッチは叫ぶ。が――、

「ならば死ね！　弱肉強食を信条としつつも服従できぬ相手がいるというのなら、華々(はなばな)しく挑んで散るか、ハルト様の目の届かぬところでひっそりと自害するのが戦いに身を置く者としての筋だろうよ」

ゴウキが一喝する。

真に弱肉強食に基づいて行動するのなら、そうするべきだ、と。

「っ……！」

「それができず、まともに戦って勝てぬからと陰でこそこそ嫌がらせをするなど、笑止千万！　奪う側にいる時だけ都合良く弱肉強食という言葉で飾り立てる、見栄っ張りな卑怯者がする卑しい所業よ！」

「っ、うるせえ！　散らねえために人質を取りに来てんだ！　それが傭兵のやり方だ！」

ルッチは怯えた犬のように吠えるが――、

「ふん……。頭目や仲間のための報復に傭兵としての在り方を持ち出すか。金のみで動くのが傭兵であろうに、なんとも憐れなことよ」

自分が何に突き動かされてこの場にいるのかも理解していないのだろうと、ゴウキは蔑みを通り越して憐憫の眼差しを向けた。

「ぐっ……」

「が、これで理解できたであろうよ。貴様らの報復には大義どころか、名分すらないのだと……。ただの逆恨み。仲間のことを大切に思うのならば、他者にとっての大切な者にも手を出すべきではなかったのだ。それを理解し……」

ゴウキはそこまで語ると、刀を構え直す。あえてここまで問答を繰り広げたのは、アヤメとゼンを殺したルシウスに対する思いをその部下であるルッチに対して代わりにぶつけたかったのか、あるいは、主君と定めたリオに徒なそうとした輩共に一言云ってわからせてやらねば気が収まらなかったのかもしれない。

いずれにせよ――、

「深い後悔の果てに散るといい！」

ゴウキは勢いよく駆け出し、再びルッチへと間合いを詰めた。

「ぐおっ！　ぐっ、うっ、くそっ！」

身体能力は大差ないのに、ゴウキの刀捌きについていけないルッチ。二振り、三振り、四振りと剣を振る数を重ねる毎に、振り遅れていった。

（く、くそっ、もう魔力が碌に残っていねえ）

身体強化を維持するのでやっとだ。このままでは、負ける。

問答で論破された上で、剣でも圧倒されている。待ち受けているのは完全敗北だと理解し、ルッチは焦燥した。そんな焦りを――、

「ふん、心の乱れが剣に出ておる。隙だらけではないか！」

ゴウキは的確に見抜き、反応が遅れていたルッチの懐に潜り込んだ。そして、そのまま

刀を左下から切り上げる。

「っ、にをっ!?」

ルッチは咄嗟に反応し、防御を試みたが――、

「くそっ……」

漆黒の剣が、宙を舞った。剣を手にしていた手も弾き上げられ、ルッチの上体も大きくのけぞってしまう。

「成敗！」

ゴウキは返す刃で刀を構えながら斜め前方に踏み込み、峰打ちをくらわせながら、ルッチの脇をするりと抜けていく。

「うがっ……」

と、ルッチが呻き声を上げながら、地面に倒れるのとほぼ同時に――、

「閉幕である」

ゴウキは倒れたルッチを背にして、流麗な動作でチンと音を立てながら、手にした刀を鞘に収める。すると――、

「ゴウキさん！」

「おお、これはラティーファ様」

ラティーファが手を振り、嬉しそうにゴウキの名を呼んだ。戦闘の余韻で鋭い面持ちをしていたゴウキだったが、途端に表情筋をほころばせてラティーファに近づきだす。

「助けてくれてありがとうございました！」

「皆様をお守りするのが某らの役目。何やら不穏な物体が王城に落下したとオーフィア殿から聞きましてな。急いで駆けつけた甲斐がありました」

と、そこで——、

「ラティーファ様、こちらの方はどなた様なのでしょう？　戦いの最中にハルト様のことを主君と定めているようなことも仰っていましたけど……」

シャルロットが侵入者達の拘束と負傷者の屋敷への搬送を騎士達に指示し終えてから、ラティーファに近づいて語りかけてきた。耳ざといというか、気になって仕方がないであろう情報について質問する。

「……某はハルト様のお母上に生前お世話になった者でして、ゴウキ＝サガと申します」

ゴウキはカラスキ王国流の所作で恭しく自己紹介をする。着用している衣類や物腰からシャルロットをやんごとなき身分の者と判断したのだろう。

「まあ、そうなのですか……」

ハルト様のご両親は移民だったと仰っていたけど——と、シャルロットはそんなことを思い出しながら、ゴウキのたたずまいを窺う。

少し訛りのようなものが強いのは、ゴウキもまた移民だからだろうかと考える。気になるのはゴウキもゴウキでずいぶんと身分の高い生まれなのではないかということだ。付け焼き刃ではない、明らかに洗練された所作を身につけているし、何よりも先ほどの戦闘で見せた刀捌きも超一流のそれである。

(面白いわ。ハルト様の謎もますます深まったし、もう)

リオのことも含め、ゴウキ達のことをいたく気に入ったのか、シャルロットはご機嫌な笑みを覗かせる。

ちなみに、ゴウキ達がシュトラール地方の共通語を身につけているのは、かつてシュトラール地方とヤグモ地方との間で極々わずかとはいえ国同士のやりとりがあったこともあるからだ。

リオもかつてカラスキ王国でゴウキ達と出会ってから初めて知ったことだが、そういった歴史的な名残があってシュトラール地方の共通語を第二、あるいは第三公用語として用いている国もあり、カラスキ王国にも伝わっていた。

第二、第三公用語というだけあって、習得している者はせいぜい王族や文官達程度だし、シュトラール地方の標準的な発音と比べると訛りがかなり強いのだが、ゴウキ達はリオに付いていくと決めた時から、そして旅の間も、シュトラール地方の共通語を学び続けてきたというわけだ。なお、精霊の民の里で一定期間暮らしたことにより、訛りはだいぶ改善されたが、まだ残っている。

と、まあそれはともかく――、

「っと、これは失礼。私はシャルロット＝ガルアーク、この国の第二王女を務めております。先ほどは危ないところを本当にありがとうございました。この国の王女として、厚く御礼申し上げます」

シャルロットはスカートの裾を優雅に摘まみ、

「おお、貴方様が。ハルト様からお話は伺っております」

「まあ、それは何より。それと、こちらにいらっしゃるお二人は隣国ベルトラムの第一王女クリスティーナ様と、第二王女のフローラ様です」

「……どうも、先ほどは誠にありがとうございました。クリスティーナといいます」

「妹のフローラです。よろしくお願いいたします」

などと、シャルロットはクリスティーナとフローラの紹介も行う。

（アマカワ卿のお母上に仕えていた武人、なのでしょうね。先ほどの強さからして国で有数の使い手のはず）

それこそ、ベルトラム王国における王の剣、アルフレッド＝エマールのように――、クリスティーナはリオの母が王族だと知っているため、シャルロットよりもさらに確信を持ってその素性を推察していた。

それほどの実力者がおそらくはヤグモ地方を出てまで後を追って来てしまう辺り、リオへの強い忠誠心も窺えて――、

（…………）

かつて王立学院に在籍していた頃の記憶が脳裏によぎり、クリスティーナはわずかに顔を曇らせた。罪悪感がぶり返したのだ。リオ本人は気にしないと言ってはいるが、どれほどの月日が経っても消えることはない。

「そしてこちらは勇者のサツキ様です」

「皇　沙月……、じゃなくて、この土地流の名乗り方だと沙月、皇です。よろしくお願いします、ゴウキさん」

沙月は沙月で日本人にかなり見た目が近いゴウキのことが気になっているようだが、とりあえずは無難に自己紹介を行った。

「皆様のお話も伺っておりますぞ。どうぞ、よろしくお願い申し上げまする」

ゴウキは深々と会釈する。と――、

「御前様、アルマ様とセリア様を休める場所にお運びしたいのですが」

カヨコが負傷したアルマを抱きかかえてやってきた。美春とオーフィアに、自分で歩くセリアの姿もある。

ルッチから手酷い扱いを受けたセリアだが、目立った外傷を負ったわけではないし、気絶したわけでもない。美春やオーフィアが肩を貸すと申し出たが、自分で歩けるからと断った。ただ、念のため、自分に治癒魔法をかけてはいる。

「でしたらハルト様のお屋敷の中へ……」

と、シャルロットが提案したところで――、

「信号弾？」

城の上空に信号弾らしき光が降り注いできた。

「……我が国の信号弾ではありません」

近くにいた女性騎士が報告する。信号弾にも国毎のパターンがあるが、彼女の知るものではなかったらしい。

「賊が使う信号弾のようね。空中のグリフォン部隊が逃走を開始するみたい」

シャルロットが推察する。空挺騎士達とグリフォンのドッグファイトを行っていた傭兵達が、王城から離れていく姿が見えた。

「この屋敷のことはもう諦めたのかな……」

沙月がぽつりと疑問を口にする。

「戦ではそれぞれに持ち場がありますからね。この場への襲撃こそが本命だったことは明らかですが、襲撃を担当する部隊が全滅した以上、彼らにできることはもう何もないのでしょう」

と、まずはシャルロットが回答した。

「ここに残る仲間は見捨てていく、ってこと？」

味方を取り返しにこないことを薄情に感じたのか、あるいは取り返しにくることを警戒しているのかはともかく、戦の素人である沙月ならではの疑問といえよう。その疑問に答えるのは戦経験の豊富なゴウキだった。

「無論、可能性がないわけではございませぬが、空にいた敵部隊の役目は足止めと退路の確保にあったはず。この場へ救援に駆けつけることはその役目を放棄するに等しい行いですからな。退路を放棄してでも味方を奪還できる策でもない限りは、奪い返しに来ることはないでしょう。玉砕覚悟の自殺行為に等しいゆえ」

敵地にしろ、前線にしろ、味方の救出は極めてリスクの高い行いだ。ともすれば、救出する側も救出対象になりかねないし、持ち場を離れて味方を助けようとした者が現れたことで戦線が瓦解し、さらなる被害を生んでしまうなんてこともありえる。

木を見て森を見ず。それでも味方を助けたいのならば、持ち場を離れることに問題はないのか、その上で退路を確保できるのかを考えることが絶対である。

助けてもらう側からすれば「なんで助けに来てくれないんだ！　ふざけるな！　薄情な味方だ！」と不満を抱きやすくもあるし、助けるべきか検討する側からしても味方を見捨てることに罪悪感やストレスを抱きやすいが、戦闘に参加する以上は双方共に理解し合うしかない。戦場ではそういった心理効果を狙ってあえて敵を殺害せずに無力化することもある。戦とはそういうものだ。

「なるほど……」

渋い顔になる沙月だが、納得したらしい。

「空にいる傭兵達が逃走を開始したということは、奪還する術がないことの裏返し。あとのことは城の部隊に任せてもよいはずです」

と、シャルロットが告げる。

しかし、その次の瞬間。

「オオオオオオオォォォォォォッ！」

何かが、哭いた。

◇◇◇

ちょうど信号弾が降り注いでくるほんの少し前のことだ。

王城の空中庭園にて。

（なんとも見事。ひとまずは無事で何よりであったが……）

国王フランソワはつい先ほどまでリオの屋敷で繰り広げられていた激闘を、固唾を呑んで見守っていた。というより、今もまだ屋敷の前にいる者達を眺めている。

敵の動きや配置から狙いがリオの屋敷にあることが一目瞭然であったから、というのもあるが、それを抜きにしても度肝を抜かれて目が釘付けになるような出来事が連続していたのが理由である。

具体的には、セリア、サラ、アルマの三人だけで何十体もいた強力な魔物を見事に殲滅したことに始まり、魔法で身体能力を強化した騎士達ですらついていけないほどの速さで動き回る傭兵達の猛攻が続き、かと思えば巨大な獣がどこからともなく現れては大立ち回りをして傭兵達と戦ったり、アルマが刺されたり、勇者である沙月も屋敷の外に出てきて戦い始めたり……。

かと思えば王女達まで庭に出てきたり、消え去った巨大な獣が再び現れたり、一部の魔物達が城中から移動して集結を開始したり、セリアや美春が人質に取られそうになったり、上空から男女が舞い降りてきてはとんでもない強さで傭兵達を圧倒し始めたり、巨大な鳥に乗った者達が駆けつけたり……。

状況が二転、三転したという表現では生ぬるい。目を離せるはずがなかった。途中から報告に来る者達を鬱陶しく感じてしまい、屋敷以外の場所の指揮については配下に任せてしまったほどである。ともあれ——、

（よもやアレだけの規模の襲撃を受けながらも、目立った被害も見せずに事態を乗り切ってしまうとは……）

一国の代表としては色々と確かめておきたい点も数多くあるが、今は手放しに喜んでおくべきだろう。

（空から現れた者達も十中八九、ハルト絡みの知り合いとみた。色々と聞き出すのはハルトが戻ってきてからでも構わんが、礼を伝える名目で内々に話はしておきたい。シャルロットに交渉させるとするか）

と、そこへ——、

「陛下、敵部隊が撤退を開始するようです！　追撃をするべきか、いかがなさいましょう

か？」

　フランソワのもとに報告の騎士が慌て気味に駆けつけた。

「……深追いしない範囲で行え。追跡の過程で都市部に被害を拡大されても面倒だ。捕らえた敵もいるのであろう。尋問はそ奴らからもできよう。今は被害状況の確認と負傷者の治癒などを優先させよ」

「御意。被害状況に関してですが、負傷者は相応に出たものの、今のところ死者は確認されておりません」

「ほう。我が国の軍人もなかなかやるではないか」

　リオの屋敷にいる者達と比べてしまうと……という気持ちは湧くが、それでも嬉しそうな反応を見せる。

「空にいた敵の部隊は時間稼ぎを主とした動きをしておりましたので、その辺りが上手く転んでくれたようです」

　あとは、城内だけあって治癒魔法が使える者がたくさんいる。即死するような一撃を食らわない限りは、回復可能な状況に置かれている者が多いのが幸いであった。

「で、あるか」

「それと、賊共の動きが妙に素早かったことについて、手にしていた剣に秘密があるようです」

報告の騎士が傭兵達の装備品である魔剣について報告を行おうとする。

「オオオオオオォォォォォォッ！」

何かが哭いたのは、その時のことだった。

空中庭園にいる者達はびくりと身体を震わせる。なんとなく声の響いてきた先が空であるような気がして——、

「なんだっ⁉」

多くの者が反射的に頭上を扇ぐ。

「…………何なのだ、アレは……？」

フランソワが目にしたのは、絶望を象ったような存在だった。

◇◇◇

英雄殺し。

今より遥か千年以上前。

神魔戦争の時代に、数多くの英雄達を屠ったことから、『英雄殺し』の名を冠した存在

がいた。

魔剣を手にした名だたる英雄達ですら恐れたそれの名は……、
ドラウグルという。

「オオオオオオォォォォォォォォォッ！」

と、王都中を轟かせる声が響く。

それは慟哭の雄叫びのようにも聞こえた。

その声を発しているのは、城の敷地に内にまだ残っているレヴァナントではない。上空を飛んでいるグリフォンでもない。オーフィアの契約精霊であるエアリアルでもない。へルやイフリータは先ほど重傷を負って霊体化したままだ。というより、そもそもそれら程度のサイズの生物が出せるような大きさの音ではない。

果たして――、

「オオオオオオオォォォォ！」

この声の主こそ、英雄殺しドラウグルに他ならなかった。

リオの屋敷前にある広場にて。

「むぅっ、これまたなんと面妖な……」

ゴウキは不愉快そうに眉をひそめ、空を見上げていた。

「な、何なの、アレ……？」

沙月が身体を震わせ、口を動かす。その正体がかつて英雄殺しと呼ばれた伝説の化け物であることを知る者は、この場にはいない。

ただ、もし今この場にアイシアがいたら、相手が英雄殺しドラウグルであるかことは知らずとも、この存在にレイスが関与していることは言い当てたであろう。なぜなら、アイシアはこの英雄殺しとの交戦経験があるから。

ロダニアでのことだ。ルシウスの手がかりを掴んだリオが皆を残してプロキシア帝国やパラディア王国へと旅に出ている間、クリスティーナとフローラの誘拐事件が起こった裏で、ロダニアに残ったセリアの前にレイスが姿を現したことがあった。その時に霊体化した状態でセリアの護衛を務めていたアイシアが逃げるレイスを追跡したところ、レイスは大量の魔物や骸の騎士達を招き寄せてアイシアを襲わせた。

英雄殺しはその中でアイシアが最後に戦った、ひときわ強力な骸の騎士だった。他の魔物と異なり、倒しても魔石を残さなかった謎の存在。レイスはそのドラウグルに扮して倒されることで自らの死亡を偽装した。当時のアイシアはその圧倒的な強さで英雄殺しを完封してみせたが……。

だからといって、英雄殺しが弱いことにはならない。

数多くの猛者を生んだ神魔戦争の時代において、英雄殺しなどという仰々しい異名が弱い存在につけられたはずもない。魔剣を装備した腕に覚えのある戦士達を葬り続けたからこそ、英雄殺しの名が与えられたのだ。英雄達が複数で挑んでようやく討伐しうる可能性が出てくるからこその異名が、英雄殺し。

ミノタウロスが矮小に思える十数メートルの巨躯に、長さ数メートルにも及ぶ巨大な片手剣、さらに頑強そうな盾と鎧を装備しており、背中には翼まで生えている。まさに悪魔か堕天使のような外見だった。それがドラウグルである。

そんな骸の騎士が憎悪が籠もっているとしか思えぬ妖しい光を宿した瞳で、上空百メートルほどの高さから地上を見下ろしている。

その存在は王都中の人間が認識することになった。

「……アレはお城の部隊に任せちゃっても、いいの？　シャルちゃん」

戦慄の風が吹く。沙月は遥か頭上を浮遊市ながらも圧倒的な存在感を放つドラウグルを見上げながら、恐る恐る尋ねた。

これは「空にいる傭兵達が逃走を開始したということは、奪還する術がないことの裏返し。あとのことは城の部隊に任せてもよいはずです」というシャルロットの発言を受けての質問だが、別に茶化すような意図があるわけではない。任せられるなら任せたいと、沙月の表情が物語っていた。

「……よろしくないかもしれません」

同じことを思っているのはシャルロットも同じようだが、そういうわけにもいかないというのを確信しているのだろう。あの怪物を倒すためには、この場にいる者達の力を借りる必要がある、と。

すると、そこで――、

「明らかにこちらを睨んでいるのう。面白い」

ゴウキが天空の英雄殺しを見つめ返しながら、口許に不敵な笑みを覗かせた。

「い、いやいやいや、面白くないです！　全然！」

沙月が泡を食って叫ぶ。

「ここは某にお任せください。相手の戦い方もわかりませぬゆえ、皆様は障壁を張って守りを固めるのが最善かもしれませぬ」

「なにやら一人で戦おうと勇んでおられるようですが、私も参りますよ。御前様」

戦う気満々のゴウキの隣に、カヨコが並び立つ。

「む、そうか。だが、そういうお主も高ぶっているようではないか」

ゴウキはニヤリとしたり顔になり、妻カヨコを見た。

「無論です。ハルト様がいらっしゃらないこの場でこそ、我々の真価が試されるのですから。ここで奮い立たず、いつ奮い立てと？」

「であるな。この場にいらっしゃる皆様をお守りすることはハルト様に忠義を尽くすことにも繋がる。あの方のためにこの刀を振るえるのだと実感できる。なれば怪物上等！　相手にとって不足なし！　望むところだと言わせてもらおうぞ！」

ゴウキが天上に刀を突き向け、雄々しく猛る。心臓を鷲づかみにするような雄叫びと圧倒的に禍々しい存在感に他の者達が気圧されている一方で、ゴウキもカヨコも何ら臆していなかった。だが、そんな二人の姿を見て、他の者達も奮い立ったらしい。

「……私も戦います！」

「私も戦うわ」「もちろん私も」

と、まずはサラが告げる。

セリアとオーフィアも続いた。

「むっ、いえいえ、皆様は守りを固めていただければと。ハルト様がいらっしゃらない状況で何かあっては事ですし」

ゴウキが慌てて戦闘への不参加を呼びかける。だが――、

「だからこそです！」

「うん、だね！」

と、まずはサラとオーフィアが譲らぬ意志を示す。

「ううむ……」

それでも渋るゴウキを次に説得しようとしたのは——、

「ハルトがいない今だからこそ、私達も一緒に戦ってこの窮地を乗り越える必要があるんです。ここで守られてしまったら、私はきっとこの先もずっとハルトに守られ続けるだけの存在になってしまうから……。守られるだけの存在じゃないって、示したいんです。自分が弱いせいで、ハルトに距離を置かれたくないから！」

セリアだった。先ほどルッチ達の前で訴えた自らの思いを、英雄殺しを前にしても変わらず吐露して訴える。

「本当の意味で一緒に戦えるのはアイシア様だけですからね。今ここにお二人がいたとしても、ハルトさんはアイシア様を守りに残してきっと一人で倒しに行ってしまいます。でも、それは寂しいですし、少し悔しいです」

「私達のことを思ってくれているのはわかるけど、もうちょっと頼ってほしいよね」

「ええ！」

自らを鼓舞するように、サラとオーフィアも本音を打ち明ける。ともあれ、戦う動機は提示した。これ以上、語る必要などないほどに。

　今のこの状況は、ゴウキやカヨコがリオに忠義を尽くす初陣であるのと同時に、少女達がリオもアイシアもいない場でかつてない難敵に抗う初陣でもあるのだ。

「乙女の思いを無下に扱うのは年長者のする行いではありませんね、御前様」

「……うむ。アヤメ様に無茶な頼みをされたことを思い出すのう」

　三人の思いは確かに届いたらしい。

「いずれにせよ、空中であれと死合おうとするのであれば、エアリアルの協力も不可欠のはず。素直にお力をお借りするとしましょう」

　と、カヨコはゴウキに進言した。

「あいわかりました。では、共にあやつを倒しましょうぞ」

　かくして、それぞれの腹が決まる。

「地上の守りはミハル、イフリータとヘルを貴方に預けます。二体に魔力の障壁を張ってもらうので、魔力の供給をお願いしてもいいですか？　攻めることだけが戦いではありません。貴方にしか頼めない大役です」

　英雄殺しと戦うにあたっては攻めのことばかりを考えてはいられない。サラは守りの要として、魔力量が潤沢な美春を指名した。

「……うん、任せて」

今の自分が上空に現れた敵と戦えるとは到底思えない。何もできずに足手まといになるだけだろう。今の自分の力量を痛感しているからこそ、美春は少し寂しそうな顔を覗かせた。しかし、だからといって弱々しく頷いたわけではない。今の自分にできることをしっかりするのだと、その声にはしっかりと気持ちが込められていた。

「この隙に傭兵達がまた攻めてこないとも限りません。彼らを押さえ込めるのはラティーファとサツキさんです！　二人は皆さんの護衛をお願いします！」

サラはラティーファと沙月にも指示を残す。

「うん！」「……わかったわ！」

二人は表情を引き締め、首を縦に振る。一方で――、

「……………………」

英雄殺しはふてぶてしく地上を見下ろし続けている。

「……どうしてあの怪物は地上に降りて襲ってこないんでしょうか？」

フローラが不思議そうに首を傾げた。確かに、その気があるならとっくに舞い降りてきても不思議ではないように思えた。

「先に現れた魔物達といい、明らかに傭兵達を支援するように暴れ回っていました。どの

ような仕掛けでそれを可能としているのかはわかりませんが、天上の獅子団に連なる誰かが裏から魔物達を操っているのは明らか。だとしたら、地上にいる仲間を巻き込まないようにしているのかもしれませんね」

　クリスティーナが周囲を見回しながら推察する。戦闘不能になった傭兵達を一箇所に集めておくような時間はなかったので、至る所に気絶した彼らが倒れている。今、英雄殺しが降りてきたら彼らを巻き込むことになるから、それを嫌っているのだろうかと考えたようだ。

　ともあれ、怪物がどのように行動をするのかなど読むことはできない。この静寂がいつまで続くかもわからない。相手がどのような攻撃をしてくるのかもわからないし、何か別の理由があって今だけ攻撃をしてこないのかもしれない。圧倒的に情報は不足している。

　だが、それでも選ばねばならない。

「地上で暴れられて、ハルト様のお屋敷や城に被害を出すのはこちらとしても本意ではございませぬ。某はひとまず打って出てみようと思いますが……」

　最初に選択肢を提示したのはゴウキだった。

「ですね。オーフィア、エアリアルを」

「うん、乗ってください！　あと、セリアさんはこれで魔力の回復を」

オーフィアを含め、一同が大鳥の背に乗り込む。その際にオーフィアがセリアに精霊石を手渡す。それが何なのかをすぐに察し、セリアが礼を言う。

「ありがとう！」

先ほどの戦闘で障壁を張り続け、セリア自身の魔力はすっからかんになっていた。途中からは以前にリオから貰った精霊石に眠る魔力を引き出して魔法を維持していたのだが、追加で魔力を回復できるというのなら願ってもないことである。

「では、行きましょうぞ！」

ゴウキのかけ声と共に、エアリアルが上昇を開始する。

それを待ちわびていたかのように――、

「ウウウウオオオオオウウウウウッ！」

天空にいる堕天使の如き骸の騎士は、雄々しく吠えて王都中の大気を轟かせる。

「まずは私とオーフィアで遠距離から攻撃を放ち、様子を見てみようと思います」

セリアがオーフィアと顔を見合わせながら申し出る。

「御意。接近戦は某とカヨコ、そしてサラ殿の担当ですな」

それぞれが得意とする戦闘スタイルは一目瞭然。

役割分担もすぐに決まった。それから――、

「とりあえず中級魔法で手数を稼ぐわ。オーフィアは相手の動きを見てから大きいのをお願い！」

「はい！」

「《術式七重奏・魔力砲撃魔法》」

飛翔するエアリアルの頭上に七つの魔法陣が浮かんでいく。遅れて、狙いを絞りながら七条の光線を順番に放った。

挨拶代わりに放たれた砲撃一つ一つには、魔剣による身体強化を施した戦士であろうとまともに直撃すれば戦闘不能になりかねない威力が込められている。が――、

（避けるつもりがない？）

英雄殺しは避けようとすらせず――、

「…………」

順繰りに迫ってくる砲撃を、手にした盾で冷静に受け止めていく。

「ちょ、冗談でしょ……？」

五発目、六発目と砲撃を射出しながら、セリアが唖然とする。多少は空中でノックバックしているのだろうが、中級の砲撃魔法を真正面から連続してくらっているというのに平然としているからだ。

やがてセリアは七発目の砲撃を射出する。と――、

「これならっ！」

オーフィアがエアリアルの背に乗った状態で一条の巨大な光の矢を放つ。飛翔の精霊術に回す処理能力も使って魔力を練り上げるため、自力飛行はしないでいたのだろう。セリアが先ほど放った砲撃一つ一つよりもだいぶ大きい。

「ウウウウッ！」

英雄殺しは盾を構えて攻撃を受け止めるのではなく、盾を振るって砲撃を薙ぎ払った。結果的にダメージは与えられなかったわけだが――、

「なるほど……。よほど守りに自信があると見えますな。だが、盾で薙ぎ払って威力を逸らさねばならぬ程度には威力はあった、ということでしょうか」

と、ゴウキは解釈したらしい。

（オーフィアの一撃には上級魔法並みの威力が込められていた。ダメージを狙うなら私も上級以上の攻撃魔法を使わないと）

セリアはすかさず使用する攻撃魔法の候補を思い浮かべた。

「ですが、そうなると鎧もですが、あの盾がだいぶ目障りですね」

カヨコが億劫そうに嘆息する。

「はい。遠くから放った術はまずあの盾に塞がれるでしょうし、当然、必要があらば攻撃も避けられてしまいそうです」

サラも遠方からの攻撃で仕留める難易度を理解して顔を曇らせた。そうしている間にエアリアルの高度が英雄殺しを上回り――、

「いずれにせよ、奴の頑丈さが知れたのは重畳。遠方からの術への対応は見せてもらいました。となれば、次は近距離での斬り合いへの対応と動きを見定めるとしましょうぞ！どれ、まずは某が！」

ゴウキがエアリアルの背から飛び降り、そのまま空を駆け抜けて頭上から英雄殺しへと迫った。その動きは相手に気取られており――、

「………………」

両者の目線が重なる。

「かかっ！　近くで見ると、これはまたなんとも馬鹿でかい！」

英雄殺しとの身長差は軽く十倍近くあるが、ゴウキは愉快そうに笑い、臆さず正面から突っ込んでいく。

先に得物を振るったのは英雄殺しだ。数メートルはある片手剣を手にしているため、ゴウキとは間合いが違いすぎる。だが、そんなことは当然ゴウキも理解した上で突っ込んで

いる。

（反応は上々、狙いも的確！　速度も速いが……）

ゴウキは空中でジャンプし、攻撃を回避した。そのすぐ真下を英雄殺しの剣がすり抜けていく。風圧でふわりと身体が持ち上がったところで――、

「守りの薄い箇所はどの程度のものか！」

ゴウキは兜と鎧の隙間を縫うように、英雄殺しの首を狙った。しかし、そう簡単には首を狙わせてはくれない。英雄殺しは盾を振り上げ、眼前に迫ったゴウキを跳ね飛ばそうとした。

「っと！　やはり厄介な盾よ！」

ゴウキは英雄殺しと比べれば小柄な体躯であるという強みを活かし、ひょいと攻撃を躱した。そして、いったんエアリアルの近くまで戻ると――、

「反射や動作の速度自体は某らなら対応可能ですが、巨大な体躯で装備した剣と盾が厄介ですな。やはり守りは堅いように思える。遠隔の術で奴を仕留めるとするのなら、某らが動き回って相手を攪乱し、盾を構える余裕すらなくしたところで強力な術を叩き込んでもらうのがよいかもしれません」

思いついた攻略法を口にする。

「あるいは私とオーフィアで盾を弾き飛ばし、皆さんの一撃を鎧で守られていない箇所にお見舞いするという手もありそうです」

セリアも別の切り口から攻める攻略法を口にしてみた。

「ははっ、それもまたなんとも痛快。あの硬い巨体を斬り伏せられたらと思うと、実に心惹かれます。が、隙らしい隙が今だ見えぬのもまた事実。いずれにせよ、もう少し戦って奴の動きや弱点を探ってみるとしましょうぞ！」

ゴウキはそう言って、再び英雄殺しとの距離を詰めていく。

「私も参ります」

「私も、行ってきますね！」

カヨコとサラもエアリアルから飛び降りる。かくして、五人の猛者は英雄殺しへと挑む戦いが本格的に始まったのだった。

【第六章】❖ 風の太刀

時は英雄殺しが現れた直前まで遡(さかのぼ)る。

アレインが率いる敵航空戦力の足止め部隊は、信号弾の合図を受けて王城からの撤退を開始していた。

「逃げろ！　逃げろ！　掴まっても回収できねえぞ！」

と、アレインが殿を務めながら、他に後ろの方を飛ぶ仲間達(たち)を急(せ)かす。

（くそっ、これだけの犠牲(ぎせい)を出しておきながら……）

人質確保という目的を達成できず、撤退を余儀(よぎ)なくされている。結果を出せていない以上、これは敗走に他ならない。

襲撃時は総勢五十人でガルアーク王国城へと攻め込んだわけだが、撤退する今では半分以下にまでその数を減らしていた。

腕利(うでき)きの味方が二十五人以上と、彼らが装備していた魔剣の模造品も失ったのだ(だ)。天上の獅子団にとっては看過できない大損害である。そのことにやるせない思いを抱き、アレ

イン は顔をしかめている。

（せめて屋敷にいる連中だけでも奪還できりゃ……）

全員が生存しているとは限らないが、撤退を開始した時点で騎士達に捕縛されている者がいたことは目視で確認していた。

しかし、奪還は困難と云わざるをえない。奇襲を行った時点では魔物を利用したこともあって城内の警備配置はぐちゃぐちゃになっており、途中まではレイスからの航空支援もあって実に戦況をかき乱しやすかった。だが、襲撃から時間が経ち、アレイン達も撤退を開始してしまった今、ガルアーク王国城の防衛部隊はもう布陣を整え終えてしまったはずだ。そんな場所へ仮に部隊総出で引き返して突撃したところで、取り囲まれて袋だたきに遭うのは目に見えている。

現に、今現在も後方数十メートルの位置にガルアーク王国の空挺騎士部隊が追撃をしようと後をつけてきているのだ。

（見捨てるしかねえ、見捨てるしか……）

アレインは己にそう言い聞かせる。

と、その時のことだ。

「オオオオオオォォォォォォッ！」

と、王都中の大気が震える。直後――、

「うぉっ！　っとと！」

アレインがびくりと身体を震わせる。騎乗していたグリフォンもかなり驚いたのか、飛行しながら大きくバランスを崩した。

「なん、だ、ありゃあ……」

この瞬間だけは逃走しているアレイン達も、追撃を試みているガルアーク王国の空挺騎士達も、互いに対する意識は完全に抜け落ちる。誰もが頭上に現れた骸の騎士に視線を奪われていた。

「……アレも旦那が操っているのか？　しかし、あんな怪物を投入するなんて、襲撃前の作戦会議では一言も……」

上空にいる骸の騎士、英雄殺しはアレイン達傭兵団にとってもイレギュラーな存在であった。ただ、この襲撃において誰が魔物を操っているのかを知っているおかげで――、

「状況がわかんねえが、追っ手も怯んでいる今がチャンスだ。この隙にずらかるぞ！」

アレインが真っ先に立ち直り、逃走に意識を集中させる。幸いにも追跡の部隊は王城への被害を恐れたのか、そこで追撃を中断し引き返し始めた。

それから、数分後にはなんとか王都の外まで脱出を完了し――、

「…………はあ」

場所は王都近郊、アレイン達は作戦終了後の集結地点として定めていた森の泉に降り立った。グリフォンから降りた瞬間、どっと疲れが押し寄せてきてその場に腰を下ろす。

水口数は少なく、溜息をついて疲れを吐き出す。

すると――、

「ふうむ、だいぶ減ってしまいましたね」

レイスもすぐに空から降りてきて、すっかり数を減らしてしまったアレイン達を見回しながら喋り始めた。

「旦那……」

「目的を達成できなかったことは把握しています」

「…………」

真っ先に思いついたのは言い訳の言葉で、アレインは顰めっ面で押し黙った。他の者達も苦虫を噛み潰したような顔で沈黙している。

「貴方達を非難するつもりはありません。貴方達も屋敷を担当した彼らも実際よく働いてくれました。魔剣を装備した腕利きの傭兵が五十人です。屋敷を担当したのはその内の二十人のみですが、それでも相当な戦力。それこそ大国の王城に奇襲を仕掛けて被害を出せるほどに。だからこそ、必要十分な戦力だと思ってしまった。私の見立てが悪かったのでしょう。屋敷の守りが想定以上に厚かった。加えて、予期せぬ援軍の数々」

お手上げだと言わんばかりに、レイスは実際に両の手をわざとらしく持ち上げた。そして——、

「おかげであんなモノまで引っ張りださざるをえなくなってしまった」

王都がある方角の上空を見つめた。視線の遥か先には、ゴウキ達と戦っている英雄殺しの姿がある。

「やっぱりアレは旦那の？」

「ええ」

レイスは隠すこともなく頷いてみせた。

「…………」

非難の言葉を口にすることはない。だが、あんな強い化け物を隠し持っているのなら最初から、あるいはもっと早い段階で投入してくれてもよかったんじゃないかと、アレイン達の表情が物語る。そんな彼らの胸中というか疑問は流石に窺えたのか、レイスはこう語りだす。

「アレをこの場で戦わせるのは私としても本意ではないのですよ。アレを出してしまった

ことで私も相応に失ってしまったものがある」

　すなわち、レイスは生存していると、リオに確信を持たれてしまうということ。

　レイスが自らの死亡を偽装してリオ達に見せかけていることはアレイン達にも説明してあるが、具体的な手段としてあの英雄殺しを自分だと誤認させることでアイシアに倒させたことまでは説明していない。だからなのか、失ってしまったものが何なのかまでは明言しなかった。

「……では、なぜそんなものを？」

　戦わせているというのか、アレインは言外に尋ねる。

「今回の襲撃でよく理解できましたが、黒の騎士の周りには邪魔になりそうな実力者が固まっているようです。人質を確保できないのなら、せめてその邪魔になりそうな者だけでも消しておきたいと思ったのが一つ。もう一つは、貴方達に頼みがあります」

「頼み、ですか？」

「ルッチが手にした魔剣は貴方達にとっても団長の形見に当たる大切な品のはず。取り戻せるのなら取り戻したいでしょう？　ですので、今からルッチとその魔剣を回収してきてください」

　と、頼みの内容を打ち明けるレイス。

「い、いやいや、そりゃ助けに行けるのなら行きたいですが、流石にこの状況で戻ったら白の連中に狙い撃ちにされますよ！　上空にあんな化け物が現れたとはいえ、外からの再度の襲撃も警戒しているはずだ！」

死ににいくようなものだと、アレインは泡を食って反駁した。

「馬鹿正直に突っ込んで戻れとは言いませんよ。これを……」

レイスは懐から宝石のように輝く石を取り出す。

「これは……」

「必要があれば普段使っているでしょう。使い捨ての転移結晶です。これで屋敷の傍までは接近できるはずです。そしてこれは脱出用の転移結晶です」

「いつの間に……？」

「ルッチ達がかなり不利な状況に追い詰められていたので。念のためにと、どさくさに紛れて屋敷の付近に転移先の座標を設定した石を打ち込んでおきました」

「……なるほど。抜け目ねえなあ」

と、アレインは畏怖を込めて呟く。

「アレには極力上空で戦うよう指示を出してありますから、今なら敵の主力も空で釘付けになっているはず。屋敷のある地上は手薄になっているはずですよ」

レイスはにやりとほくそ笑む。

「……余裕があれば他の連中も助けてやって構わないんですかね？」

「知っての通り、使い捨ての転移結晶の定員は六人です。屋敷に残る全員を助けるのは不可能。それを踏まえた上で余裕があるのならば構いません。が、最優先の回収目標はルッチとルシウスの魔剣です。下手に欲を出して回収に失敗したら貴重なこの転移結晶は無駄になってしまうどころか、敵に奪われて悪用されかねない。そのことも理解してください」

回収失敗を嫌っているのか、レイスは念入りに釘を刺す。

果たして――、

「……了解。やりますよ。やらない理由がない。突撃班を編制し、すぐに向かいます」

アレインはレイスから、転移結晶を譲り受けたのだった。

一方で、場所は王都上空。

ゴウキ達と英雄殺しの戦いは熾烈を極めていた。ゴウキ、カヨコ、サラの三人が前衛として縦横無尽に空を駆け回り、英雄殺しを取り囲む。

英雄殺しの戦闘スタイルは近接戦闘に特化していた。パワーやスピード、剣士としての技量といった能力値が軒並み高い。

「やはりこ奴、純粋に剣士としての完成度が高い。盾を使った守りも実に秀逸。何より硬い。正面突破は至難の技ぞ。相対する時は注意を引きつけることのみに終始した方が良いかもしれん」

今、正面から挑んでいるのは、ゴウキだった。

英雄殺しは手にした剣と盾を駆使して、基本に忠実な型を崩さず、実にスケールの大きい近接戦闘を行っていた。遠距離攻撃の手段は持ち合わせていないようだが――、

「ウァァァア！」

と、盾を振り払うだけでも、風が強く吹き荒れるのだ。剣を振るっても、その余波で風が乱れ狂う。

「はっ！」

ゴウキは空中で幾度とジャンプを決めて、風が吹き荒れる箇所から逃れた。すると、英雄殺しの脇に回り込んでいたサラがここで仕掛け――、

「はああああっ！」

サラのダガーが、英雄殺しの兜を捉えた。瞬間、頭部が一瞬で氷結し、たちまち巨大な

氷で包まれた。しかし――、

「ツァ……！」

英雄殺しは怯まない。その動きも止まらない。まさに目と鼻の先にいるサラを振り払うように、勢いよく腕を上げた。

「っ！」

サラは咄嗟に後ろへ跳躍して距離を置く。が、頭部が凍ったところで見える景色など変わりはしない。あたかもそう言わんばかりに、英雄殺しは逃げようとするサラを狙って剣を振り払った。

「っ……、どこに目が付いているんですか、もう！」

今度は縦方向に跳躍し、斬撃を躱すサラ。真下を通り過ぎた大剣が生み出した暴風に身を委ねると、ややあってくるりと宙を舞いながら叫んだ。と、そこで――、

「えいっ！」

今は自力で飛翔しながら飛び回っているオーフィアが、図太い光の矢を何本か射る。一つ一つの威力こそ中級攻撃魔法程度だが、それらはホーミングするような軌道を描いて凍り付いたドラウグルの頭部へと収束していく。しかし――、

「……！」

中級魔法程度では当たったところでビクともしない鉄壁。英雄殺しは大きく身体を捻りながら盾を振るって、広範囲から迫りくる光の矢をまとめて薙ぎ払ってしまう。だが、本命は別にある。

「《特大魔力砲撃魔法》」

セリアがエアリアルの背に乗った状態で、特大の魔力砲撃をドラウグルの凍った頭部めがけて射出した。シンプルながら高威力の上級攻撃魔法であり、オーフィアが今しがた放った光の矢をすべて束ねたほどの威力が込められている。

しかし、やはり攻撃がすべて見えているのか、上体を大きく反らされ、あっさりと砲撃を躱されてしまった。

「ならばっ！」

カヨコは両手に握った小太刀から水の鞭を放ち、英雄殺しの首を絡め取る。そしてそのまま両の手で思い切り小太刀を引っ張って、わずかに姿勢を崩すと――、

「御前様！」

「うむっ！　奥義、二ノ太刀、《閃空》！」

ゴウキがいつの間に背後に回り込んでいて、三十メートルほどあった間合いを一瞬で埋めた後、英雄殺しの背中を斬りつけた。

鎌鼬によってゴウキの奥義も相当に威力が底上げされている。斬撃にはかなりの威力が込められており、英雄殺しの身体が大きく前にのけぞった。ピシリと、背中の鎧にも小さなヒビができたのをゴウキは見逃さない。

「畳みかけます！」

守りの堅いドラウグルが姿勢を崩したこの瞬間は、格好の好機である。オーフィアもすかさず追加の光の矢を立て続けに放ち、今度こそ頭部にすべて命中させた。

「はあああっ！」

サラも魔力をため込んだのか、ダガーの先端に長さ二メートル強の氷塊をまとわせることで大剣にし、頭上から思い切り叩きつける。

英雄殺しの頭部がガクンと下がった。すると――、

「今度こそ！《特大魔力砲撃魔法》」

セリアが前方に回り込んでいて、二度目の特大魔力砲を眼下から胴体に直撃させた。鎧の全部には大きなヒビが入り、前のめりになっていたドラウグルの姿勢も大きくノックバックする。

「やった！」

かなり有効なダメージを与えられたのではないかと、セリア達が喜ぶ。

その直後のことだ。

「ウァァァア！」

英雄殺しがノックバックした勢いのまま羽ばたいて、一気に上昇を開始した。

「なんとっ⁉」

まだこれほど元気に動き回るのかと、ゴウキが叫ぶ。

凄まじい耐久力に一同、唖然とした。

「ですが、兜と鎧にヒビが入ったのは確認しました！　今みたいに一気に攻撃を与えることができれば……！」

とどめを刺せるかもしれないと、サラが期待を込めて言う。だが――、

「とはいえ、警戒されてしまったようですのう！」

ゴウキが渋い面持ちで告げる。自分の防御を崩すだけの攻撃を放ってくる相手と知ったからか、英雄殺しはゴウキ達から距離を置いて周囲を飛び回り始めているのだ。その速度はかなり素早く、自由に飛び回れるオーフィアやエアリアルの背からでもなければ追いつくのが難しそうなほどである。

「あれだけ速く飛び回れると、攻撃が当てづらいなあ。下手に近づくのも危ないし……」

オーフィアが光の矢を放つが、するすると避けられている。それに――、

「あ、あの兜と鎧、修復していませんか!?」

サラが泡を食って叫んだ。

「……うん、本当だ」

オーフィアが表情を強張らせて頷く。サラの言っている通り、英雄殺しが身に纏う鎧と兜に入ったヒビが急速に塞がっているのが見えるからだ。

一瞬で全修復しているわけではないが、数十秒もしないうちに元通りになってしまいそうなほどの速度でヒビが小さくなっている。

倒すためには本体の骨にダメージを与える必要がありそうだが、これではとんでもない硬さの鎧や兜にヒビを入れるところから再び始める必要があった。しかも、鎧や兜にヒビを入れたら距離を取られて、その間に修復されてしまう。

「あんなにデカくて、硬くて、動きも速くて、回復まで早いとか、反則じゃない……」

いったいどうすればいいの？

と、セリアの顔に絶望染みた焦りの色が浮かぶ。

途方に暮れるのは無理もない。セリア達は知らないことだが、神魔戦争の時代にもこの修復してしまう鉄壁の守護を崩せずに力尽きてしまう英雄は多かった。

「……思っていた以上に厄介ですね」

勢いよく周囲を旋回する英雄殺しを睨みながら、カヨコが呟く。

と、そこで――、

「アアアァァア！」

旋回していた英雄殺しが軌道変更し、セリア達めがけて勢いよく突っ込んでくる。この時には兜も鎧も綺麗に修復が済んでおり、手には兜や鎧などよりもひときわ頑強な盾を構えていた。

「くっ！」

ゴウキ、カヨコ、サラ、オーフィア、そしてエアリアルに乗ったセリアはバラバラに散って的を絞らせないようにした。すると、英雄殺しはゴウキを的に定め、他には脇目も振らず接近を開始する。

これほどの質量の相手に正面からぶつかってしまったら、いくら身体強化を施して肉体を頑丈にしても人間などひとたまりもない。

「ぬおっ！　っとと、本当に、やっかいですのう！」

ギリギリまで引きつけ、ゴウキはなんとか回避に成功した。ゴウキは険しい眼差しをその後ろ姿に向ける。と――、

「みんな、いったんエアリアルに乗りませんか！　このままだとじり貧です！　魔力も体

力も温存しておかないと！」

セリアがゴウキ、カヨコ、サラ、オーフィアに呼びかけた。

「ですね！　エアリアル、みんなを！」

オーフィアが名を呼ぶと、エアリアルは近くにいたカヨコ、サラ、ゴウキの順に回収を行う。そして最後にオーフィアがその背中に乗った。

「あの巨躯でアレだけの速力を併せ持つ敵です。先ほどまでのように取り囲んで四方から攻撃を行うのはきついかもしれませぬな……」

ゴウキが渋い面持ちで旋回して追ってくる英雄殺しを見据える。

「このまま空を飛び回ってどこかへ行ってくれる、ということもありませんよね……」

セリアが望み薄と理解した顔で漏らす。

「明らかに我々を狙っておりますからのう。今のところ地上に向かう気配がないのは幸いですが、それがいつまで続くのかの保障もありませぬ。早急に倒すべきでしょうが、なかなかどうして、かつてない難敵にございます。これは困った」

という言葉とは裏腹に、ゴウキは好戦的な笑みをたたえながらあぐらを掻き、どっしりと構えながら追ってくる英雄殺しを眺めている。

「あまり困った顔はしていないように見えるんですが……」

サラがゴウキの表情を見て呆れ気味に呟く。

「ただの戦馬鹿なだけですから、お気になさらず。その内に突拍子もない策をひねり出しますので、少しお待ちください」

いつものことだと、カヨコはすっかり慣れた様子だ。だが、同時にゴウキが立案するであろう作戦を信頼しているのもわかった。

(うーむ、身体には頑丈な鎧を纏い、盾を構えている。倒すにはそれを破壊して本体の骨を砕く必要があるのだろうが、今のところ盾には傷一つつけられておらん。兜と鎧は壊せそうだが、時間を置くと修復されてしまう。となると、どこかに先ほど以上の攻撃を集中させ、兜や鎧の修復が追いつかぬほどの速度で一気に本体の骨を砕くしかなさそうであるが……、これほど速く飛び回られてしまっては、それも難しい)

実際、英雄殺しを倒すために必要な戦術自体は単純なのだ。かつてアイシアが行ったように英雄殺しを上回る速度で接近し、盾や鎧の修復が追いつかないほど一気に高威力の攻撃でたたみかけるのみ。

だが、単純だからこそ、難しいのだ。

(儂の奥義をいくつか叩きつけることができれば、鎧を砕いて本体にダメージを与えることもできそうではある。そのためには動きを止める必要がある。うーむ……)

　問題はどうやってあの素早く飛び回る怪物を相手の動きを止めて、奥義をすべて叩き込むか、だ。ゴウキはそれを考える。

（最も攻撃を加えられるタイミングは、あちらが仕掛けてきた時のみ……。だが、盾を用いた前面の防御力には特に自信があると見える。生半可な攻撃では無視して突っ込んでくるだろう。いや、だが、そうか。奴から突っ込んでくるタイミングであれば……）

　そこでゴウキは何か思いついたのか、ニヤリと口許を歪め――、

「儂に秘策がございます」

　と、切り出したのだった。

　屋敷の前では美春達が息を呑みながら、頭上の戦闘を見守っていた。すぐ傍にはヘルとイフリータがおり、二重に障壁を展開して彼女達を守っている。

　英雄殺しが地上に降りてくるそぶりもないので、とりあえず障壁の中にさえいれば安全は確保されているといえよう。シャルロットの護衛騎士隊長を務めるルイーズもそう判断したのか――、

「シャルロット様、今のうちに転がっている傭兵達の拘束を行おうと思います」

付近を見回しながら、シャルロットに申し出た。傭兵達を倒して間もなく英雄殺しが出現してしまったため、周囲にはまだ拘束が不十分な傭兵達が転がっている。

傭兵達が使っていた魔剣の回収もまだ済んではいない。中には当たり所が悪く息絶えている者もいるかも知れないが、単に意識を失っているだけの者もいるので、目を覚まされて暴れ始めたら面倒なことになりそうだった。

「……そうね。お願いできるかしら？」

と、シャルロットが頷いたところで――、

「シャルロット様！」

城の騎士達十数名が屋敷へ近づいてきた。

「ようやくの到着ね」

近づいてくる騎士達を眺めながら、シャルロットが脱力して呟く。

「これは……」

現場に駆けつけた騎士達は一帯の有様を目の当たりにし、言葉を失った。気絶した傭兵達がごろごろと転がっていたり、レヴァナント達が残した魔石が無数に転がっていたり、オーフィアの攻撃でできたクレーターがあったり、数多の攻防で地面が荒れ果てていたりと、激戦の跡が広がっているからだ。

そんな惨状の中で、シャルロット達がぽつんと光の障壁に守られて固まっている。すぐ傍にはヘルとイフリータという巨大な獣が控えているので、そんな光景を目の当たりにすれば言葉を失うのも当然だった。

「ちょうどいいわ。彼らと協力なさい。こちらの守りはサツキ様とラティーファ様、それにこの子達もいるから」

問題ないでしょうと、シャルロットはヘルとイフリータを見上げながら、ルイーズに指示を出す。それでルイーズが「はっ！」と返事をした。

「ヘル、イフリータ、騎士の人達が外に出られるように穴を空けてくれる？」

美春が二体の中位精霊にお願いすると――、

「ガウッ！」

美春の言葉をきちんと理解しているのか、障壁の前方に人が二、三人ほど通れそうな穴ができる。

「……では、行ってまいります」

ルイーズは物珍しそうにヘルとイフリータを見やりながら、障壁の外に出ていく。それから、騎士達は協力して傭兵達を拘束し、城の牢獄に向かって搬送を開始する。そんな様子を屋敷の近くに潜んで観察する者達もいたのだが、この場では気づく者が現れることはなかった。

そして場所は上空へと戻る。

「儂に秘策がございます」

と、ゴウキが切り出すと――、

「本当にカヨコさんが言った通りです」

「だね」

サラとオーフィアが感心した顔になる。

「それでゴウキさん、作戦というのは？」

こんな時でもらしさを崩さないゴウキを頼もしく思ったのか、セリアもくすりと笑いを漏らす程度には余裕ができたらしい。期待を込めてゴウキに尋ねた。

「ええ。セリア殿、奴に通用しそうな攻撃魔法はございますか？　とっておきの魔法があれば、奴に向けて叩き込んで弱らせていただきたいのですが……」

と、ゴウキに尋ねられ――、

「……あります。さきほど放った砲撃(ほうげき)よりもさらに強い、私が使える一番強い魔法が」

セリアの脳裏(のうり)に浮(う)かんだのは、一つの魔法だった。

「けど、残りの魔力だと使えて一度だけです。その一度で動き回っているアレに確実に当てられるかどうかは……」

自信がない。

「回数は一度で十分でございます。なに、その一度を確実に当ててしまえばよいのですから、問題はございませぬ」

「え、ええ。確実に当てられるのなら……」

それが簡単にできる相手とは思えなかったが、セリアはとりあえず頷き、話の続きを待つことにした。

「一瞬であれば今の某(それがし)でも空中の奴に速度で張り合う術がございまして、某が最初に真正面から向かい合って攻撃をぶつけ、奴を減速させます。それでおそらくはかなり魔法を命中させやすい状態になるはず。その隙(すき)に叩き込んで時間を稼(かせ)いでいただければと」

「……わかりました」

「そしてサラ殿、オーフィア殿、そしてカヨコの協力も欠かせませぬ。サラ殿、オーフィア殿はカヨコのように水の鞭を作って奴を拘束することは可能ですかな？」

「動き回っている状態だと、どうでしょう。少し自信はないです。三人同時に鞭を放てば絡められるとは思いますが、あの勢いだとそのまま引っ張られて押し切られてしまいそうな気も……」

サラとオーフィアが少し自信なさげに顔を見合わせる。

「束縛してもらうのはセリア殿が魔法を打ち込んだ後ですから、動きも鈍っていることでしょう。その隙に三人同時に奴の動きを束縛し、すぐに飛んで逃げないようにしていただけるとありがたい」

「はい、それならできると思います」

先ほどよりは自信がある表情で頷くサラ。

「となれば、次にどこかで奴とすれ違う形で向かい合いたい。オーフィア殿、エアリアルに頼んで飛行ルートを調整していただけませんかな？」

「わかりました、エアリアル」

オーフィアに名前を呼ばれると、エアリアルが旋回を開始する。

「さてさて、では先陣は某が務めまするゆえ、皆様は某が指示したタイミングで術を発動してくだされ」

「了解！」

負ける気など、毛頭ない。仮にそうであるのなら、空になど上がってきていない。だから、一同は力強く頷いてゴウキの指示を受けいれた。

かくして、五人の英雄達は、英雄殺しへ再び挑むことと相成る。

「では、魔法の発動準備を整えますね。少しお待ちを」

まず、作戦のために準備を開始したのはセリアだった。

クレール伯爵家には代々伝わる秘伝の攻撃魔法がある。セリアがこれから使おうとしている攻撃魔法こそ、まさしくその秘伝魔法であった。

現代の魔法学においては最上級にカテゴライズされるが、クレール伯爵家の血を引く者であり、かつ、魔法の才能に特別恵まれた者でなければ扱うことができない超魔法。

「《封印解除・賢神魔法》」

と、セリアが呟くと、彼女を包み込むように魔法陣が展開する。

「《因子保有者認証》」

瞬間、セリアを包み込む魔法陣の輝きが増した。

「《使用者保護術式起動》」

魔法陣はセリアの右腕へと一気に凝縮していく。そして――、

「《魔力充填》……………」

発動に必要な魔力を捻出するため、追加で呪文を詠唱する。それに呼応し、セリアが保有する魔力が余すことなく右腕へと集まり始めた。本来なら精霊術士でもなければ視認できない魔力が可視化されるほどに凝縮し、バチバチと、まだ魔法を発動する前なのに破壊のエネルギーが右腕から漏れていく。

「……何やらかなりすごそうな魔法を放っていただけそうですのう」

ゴウキはセリアの右腕を見て目を丸くしていた。

「直撃すれば、ご期待には添えると思います」

セリアは表情を強張らせながら頷く。

「……すごいね、これ」

オーフィアがセリアの右腕を見ながら、ぽつりと呟く。

「ええ……。こんな暴走寸前の魔力、ちょっと扱いたくありません……。というか、扱えません」

サラも額に冷や汗を浮かべて同意する。

「私も魔力の制御で精一杯だからね。他の作業すべてを術式に委託しているから……」

そう、今セリアが行っているのは、魔力の制御だけだ。魔法を発動させるのに必要な作業の大半を術式に丸投げし、彼女が持つ魔法の処理能力すべてを用いて魔力の制御だけに専念している。精霊術ならば本人がすべて行わなければならない作業を、術式に委託することができる魔法だからこそなんとか扱うことができているのだ。

それから、たっぷり何秒もかけて――、

「《発動待機》。……準備完了。あとは呪文を詠唱するだけで魔法が発動します。いつでもどうぞ」

セリアはようやく魔法の発動準備を整える。

「誠にありがとうございます。セリア殿のそれを見て、某の気もいっそう引き締まりました。それでは、オーフィア殿」

ゴウキはセリアに礼を言って、ちらりとオーフィアに視線を向けた。

「アレに向かって真っ向から突き進んでいけばいいんですね」

「然り！　よろしく頼みまする！」

「わかりました、エアリアル！」

「キュイイイイィ！」

オーフィアの指示を受け、エアリアルが軌道を変更する。今に至るまで旋回して飛び回る英雄殺しと円を描くように飛んで距離を置いていたが、真っ向勝負を挑むためにいったんさらに後ろへと下がる。

そうして十数秒後、エアリアルと英雄殺しは距離百数十メートルでにらみ合うこととなった。

「ウウウウッ！」

エアリアルが突っ込んでくるらしいことは英雄殺しも察したらしい。自らの防御力にも自信があるのだろう。望むところだと言わんばかりに盾を構え、加速を開始した。この時点で互いの距離は数十メートルまでに迫っている。一方で――、

「キュイイイ！」

エアリアルの周囲は風の結界で覆われているので、飛んでいても背に乗るゴウキ達に襲いかかる空気抵抗はほぼない。そんなエアリアルの背中で、ゴウキは刀を構えていた。そして――、

「……では、参りまする！」

そう言って軽く跳躍した後、ゴウキの背中にふわりと強風が吹く。かと思えばゴウキは空中で一気に加速し、エアリアルを置き去りにした。

「速っ！」

サラがギョッとする。

「これは、ハルトさんの高速移動術？」

オーフィアも目を丸くし、高速移動の理屈を言い当てる。風の精霊術を用いた高速移動はリオが得意とする技だ。

（某の加速はリオ様ほど巧みなものではないが、な。ただただ愚直に突き進むのみ。が、これもドミニク殿が鎌鼬を鍛えてくださったおかげ！）

そう、ゴウキは愛刀である鎌鼬を装備することで、ここぞというタイミングで一気に加速する術を身につけていた。

本家のリオと比べるとまだまだ荒削りだが、それでも模倣することができている。その理由は初めてリオと手合わせをした際にこの技を見せつけられた時から、一目惚れをして一途にイメージをし続けていたからなのかもしれない。あるいは、リオに対する忠誠心の賜物か。いずれにせよ――、

「奥義、一ノ太刀、《断空》！」

ゴウキは既に十数メートル先まで迫っていた英雄殺しに肉薄する最中に、右斜め上に刀を振り抜き風の斬撃を放つ。その威力はかつてカラスキ王国でリオに披露したものとは比べものにならぬほどの威力が込められていて――、

「アアアアッ！」

真っ向から盾で防いだ英雄殺しの巨躯が、衝撃で減速してしまうほどのものだった。それでもダメージを与えるには至っていないが――、

「奥義、二ノ太刀、《閃空》！」

ゴウキはその瞬間に、返す刀で構えながらさらに踏み込んで骸の騎士に肉薄した。そして減速した相手に突っ込み、構えた盾にもう一撃、今度は直接刀を叩きつけて攻撃を食らわせる。すると、英雄殺しはさらに減速した。

「この質量差、流石に押し負けるか！　盾にヒビを入れることも敵わず……。だが、ほどよい感じに減速と相成った。セリア殿、今です！」

ゴウキが背後にいるであろうセリアに向けて叫ぶ。と、ゴウキの後ろから飛行してきたエアリアルが英雄殺しへと迫る。そのすれ違い様に――、

「《聖剣斬撃魔法》！」

セリアは魔法陣を帯びさせた右腕を剣のように垂直に振るい、魔道の名門、クレール伯爵家が代々に渡って管理してきた秘伝の最強魔法を放った。凝縮されて解放された魔力の破壊エネルギーが、眼前の敵を薙ぎ払おうと迫る。

「アアアアッ！」

英雄殺しはセリアの放った魔法を相当の脅威と感じ取ったのか、しゃにむに自慢の盾で

防ごうとした。

「いっけえええ！」

と、この時ばかりは、セリアも吠える。

結果――、

「アアアアアアアアアアッ！」

今までヒビ一つはいらなかった英雄殺しの盾が、粉々に吹き飛んでしまった。それどころか、盾を手にしていた半身の腕と鎧までごっそり削り取っていく。

一般の最上級攻撃魔法が事象の規模を拡大して攻撃範囲を広げることに重点が置かれているのに対し、セリアが放った聖剣斬撃魔法は事象の範囲を絞ることでただただ威力のみを追求した実にピーキーな魔法であった。その威力はご覧の通り、神魔戦争期に数多の英雄の一撃を受け止めた英雄殺しの鉄壁すらも吹き飛ばしてしまうほどだった。

「す、すごっ！　すごいです、セリアさん！」

「うん！」

サラとオーフィアが思わず歓喜の声を上げる。

「こ、これで、もう、出し切ったわ……」

セリアは力を失い、エアリアルの背に頽れた。

「流石(さすが)はリオ様の恩師。お見事です、セリア様。これではもう我々の出番も必要なさそうですが……」

　仕事は仕事だと、カヨコは小太刀から水の鞭を放った。

「って、私達の出番だよ、サラちゃん！」

「え、ええ！」

　サラとオーフィアも水の鞭を手元に作り出し、それぞれ英雄殺しの身体を掴(つか)み取る。半身を失い、身体を束縛され――、

「アアアアッ！」

　事前の計画通り、英雄殺しの身体は見事に空中でバランスを失ってしまった。

「いやはや、本当にお見事。某の仕事もすっかり楽になってしまいましたな。しかし、それではいかに怪物とはいえこの武士(もののふ)に失礼というもの。我(わ)が奥義をもって介錯(かいしゃく)をしてやりましょうぞ！」

　ゴウキは空中で大きく跳躍すると、頭上で刀を構えて再び英雄殺しへと迫る。リオの移動術を模倣した加速で急接近しながら――、

「奥義、一ノ太刀、《断空》！」

　斜め真一文字の斬撃が、骸の騎士へと飛んでいく。バランスが崩(くず)れた状態では剣を振る

のも追いつかず、斬撃はボロボロになった英雄殺しの鎧の胸元へと吸い込まれていった。

そして——、

「奥義、二ノ太刀、《閃空》！」

ゴウキはさらに急加速し、先行する斬撃に追いついて逆斜め真一文字に刀を振るう。二つの斬撃が重なり合うと——、

「ガァアアアアッ！」

骸の騎士を包み込んでいた鎧が砕け散り、苦しみの声を漏らした。しかし、それでもまだ絶命はしていない。そこへ——、

「ならば奥義、三ノ太刀、《絶空》！」

ゴウキは刀を振り切った状態から、今度は真横に刀を振るい、英雄殺しのあばら骨を上下に分断してしまった。

「…………」

これで流石の英雄殺しも絶命したらしい。手にしていた剣も、胴体も、空中で綺麗に崩れ去りながら霧散していく。

「四の太刀はいらなかったか」

ゴウキが振るった刀を綺麗な動作で鞘へと空中で収める。そして、エアリアルの背中に

足をつけた。
　それから、しばらくした後――、
「ワアアアッ！」
　と、ガルアーク王国の王都が震（ふる）える。
　それは五人の英雄達を地上から見守っていた王都中の民の声。
　つまりは、勝利の賛美歌であった。

【第七章】❖ 次なる波乱の予感

王都中に歓声が響き渡る。

その遥か上空で。

(英雄殺しまで投入して、ただの一人も削ることができなかったのはなかなか面白くない結果ですが……)

英雄殺しを倒したゴウキ達がエアリアルに乗って地上へ降りていく様を、レイスはじっと眺めていた。より正確に言えば――、

(セリア＝クレール、並みの魔道士ではないと知ってはいましたが、賢神魔法まで操るとは…………。かつて七賢神が産み出した神造魔道士の末裔がクレール伯爵家だったというわけですか。彼女はひときわ色濃くその才能を受け継いでいるようだ。あの若々しい容姿も含め、先祖返りというやつですかね)

レイスがひときわ注目しているのは、セリアだった。

(現状、詠唱破棄で魔法を扱うことはできないようですし、単体で英雄殺しを御しきるほ

どの力はまだ秘めていないようですが、この先どう成長していくかはわかりませんからねえ。黒の騎士と人型精霊の少女以外で真っ先に消すなら彼女で決まりなんですが……）

大量に投入したレヴァナント達は討伐され、傭兵達は返り討ちに遭い、秘蔵の英雄殺しは倒された。

（今の私では立て続けにドラウグルを呼び出すことはできない。これ以上、切れる手札はありません）

諦めるしかないと、レイスは珍しく苦い表情を覗かせた。

（……それにしても神造魔道士の末裔に、中位精霊を従える才能豊かな亜人らしき少女が三人。そしておそらくはヤグモ地方から来た国で有数と思われる使い手の男女。さらには未覚醒とはいえガルアーク王国の勇者もいる。それを率いる黒の騎士は覚醒した勇者が操る神獣と張り合うほどに強く、強力な人型精霊の少女も控えている。総合的に見るとやはり覚醒済みの聖女並みに驚異ですね。好戦的な分、あちらの方が扱いは面倒そうですが）

対黒の騎士の人質の確保と、戦力のそぎ落としが失敗した今、どう立ち回るのが正解なのか、レイスは頭を悩ませる。

（……いざ計画を実行する際に、こちらの主力が英雄殺しと邪黒飛竜だけではいささか以上に心許ない。聖女が生存しているとわかれば、黒の騎士の警戒も当面はそちらに向くはず。当面は潰し合ってもらって、こちらは新戦力の確保に向けて動き回るのが理想ですかねえ。あとは……)

相手の戦力が想定以上であるのなら、こちらも戦力を補充するしかない。それが簡単にできたら苦労はしないが、模索せざるをえないとレイスは結論づけた。そして――、

(ロダニア陥落を目指し、アルボー公爵にもそろそろ動いてもらうとしましょうか)

水面下で巡らせているもう一つの企みについて、思いを巡らす。

すると、そこで――、

(おや、ルッチとルシウスの魔剣の回収には成功したようですね)

城内で潜伏し行動していたアレイン達の姿を視界に捉え、レイスがほくそ笑む。今回の作戦は失敗と言わざるをえないが、最後の最後でその尻拭いともいえる最低限の目的を達成することはできたようだ。

(では、最後に口封じをして……)

小さな宝石のような結晶が無数に入った小袋を懐から取り出すと、レイスはそれをまとめて握り潰す。粉々になった破片を袋から捨て去るのを眺めると――、

(私も引くとしましょうか)

レイスはガルアーク王国城から飛び去っていったのだった。

◇◇◇

エアリアルに乗ったセリア達が地上へ降りてしばらくが経った頃。王城の空中庭園で事後処理の指揮を執っている国王フランソワのもとを訪れる人物がいた。

「陛下！」

クレマン＝グレゴリー、ガルアーク王国でクレティア公爵家と並ぶ公爵家の当主である中年の男性である。

「……なんだ、クレマン」

今は見ての通り忙しいのだが？　と、言わんばかりの声色で、フランソワはグレゴリー公爵に応じた。

「敵の狙いはアマカワ卿の屋敷だったとか」

と、グレゴリー公爵はいきなり用件から入る。リオの屋敷に敵の戦力が集中していたことは、傍目から見ても明らかだった。今もフランソワがいる空中庭園からはもちろん、グリフォンを操る空挺騎士達からもよく見えたはずだ。

フランソワの指示を受けて現場に駆けつけようとした地上の部隊もいたから、グレゴリー公爵もどこかしらにいた者達から話を聞き出したのかもしれない。

「耳が早いな。状況的にその可能性が高そうだというだけで、そうだと確定したわけではないが……」

「ともあれ、アマカワ卿から詳しく事情を聴取せねばならぬでしょう」

「あいにくとそれはできぬ。ハルトは今、王都を留守にしている」

フランソワは億劫そうに肩をすくめる。

「何ですと？　この一大事に？　いや、そういえば少し前にボードリエ辺境伯の領地から彼による魔道通信のメッセージが発せられたとか……」

と、不意に思い出したように語るグレゴリー公爵。

実際、聖女を追跡する過程でリオはボードリエ辺境伯の領地を通過し、フランソワ宛に途中経過の報告を行った。通信可能な範囲内で通信用の魔道具を持つ者であれば誰でも通信内容を閲覧できるから、グレゴリー公爵が知っていてもおかしくはないが——、

「本当に耳聡い男だな、そなたは」

呆れ半分、感心半分で嘆息するフランソワ。

「クレティアの娘といい、立場のない若い者は軽率でいけませんな。軽率に動き回って一所に定まろうとしない辺り、貴族としての自覚が足りぬと見えます」

グレゴリー公爵は嘆かわしそうに首を振った。

「今のハルトは余の指示で動いているのだがな」

それでもハルトを非難するのであれば、余を非難することに等しいぞ――と、フランソワは鋭い眼差しでグレゴリー公爵を見据える。

「ほお、然様でございましたか。これは失礼いたしました。陛下直々の指示というのは気になりますが……」

グレゴリー公爵は興味深そうに目を光らせ、フランソワの表情を探ろうとする。リオがリーゼロッテ救出のために行動していることは極一部の口が堅い者にしか教えていないから、流石のグレゴリー公爵も知らないはずだ。

（魔道通信の内容を閲覧したのであれば、ハルトが余の指示で動いていることについて察しがついているであろうに、この狸め……。相変わらずよな）

察しがついている上で、この機会を利用して探りを入れているのだろう。何も敵が撤退して間もないこのタイミングに探りを入れに来る必要はないようにも思えるが、思惑はわかるし、その思惑を達成するためにはこの機会を逃す手もない。

というのも、代々ガルアーク王国の二大貴族はクレティア公爵とグレゴリー公爵だと言われ続けているが、リーゼロッテがリッカ商会を立ち上げて以降、クレティア公爵家の影響力と存在感が一気に増した。

つい最近には目覚ましい功績を上げたことで名誉騎士に成り上がったハルト＝アマカワなる貴族まで現れ、クレティア公爵家との結びつきを強めている。

このままではクレマンの代でグレゴリー公爵家とクレティア公爵家との間に大きく水をあけられてしまうのは必至。

ゆえに、クレマン＝グレゴリーという男は粗探しをしたいのだ。クレティア公爵家が絡むことで足を引っ張れそうな出来事があればここぞとばかりに足を引っ張り、自分の存在感をアピールする。そういった機会を虎視眈々と探しているのだから、リーゼロッテと懇意にしているハルト＝アマカワという新参の成り上がり貴族の粗探しをできそうなこの状況は格好のチャンスである。

「ハルトが何をしているのかについてだが、もとよりあやつが戻り次第、情報は開示するつもりだ。それまで待て」

「承知しました」

クレマンは恭しくこうべを垂れるが――、

「とはいえ、此度の襲撃について、屋敷にいる者達から事情を聴取する必要はあるでしょう。陛下もお忙しいと存じます。私に一任していただけるのであれば、すぐにでも屋敷へ取調べに向かいますが……」

即座に切り口を変えて、リオの周辺に手を伸ばそうと調査を申し出た。

「よい。屋敷のことはシャルロットに一任している」

シャルロットの名を出すことで、フランソワは軽く一蹴してしまう。

「おお、そうでしたな。これは私としたことが。承知しました」

クレマンは存外、あっさりと引き下がった。が――、

「……ただ、ここに参るまでの間に耳に挟んだのですが、色々と気になる目撃証言もあるようです。ただでさえ新参のアマカワ卿は謎が多い。勇者様も懇意になさっている関係上、色々と配慮が必要なのは理解しているのですが、此度の襲撃については何がおきているのか気になっている者も実に多いようですし……」

襲撃の詳細について、相応に情報は開示してもらいますぞ？　と、クレマンはじっとフランソワの顔を窺いながら、なんとも含みのある物言いをする。

（なるほど、ここで余の言質を取るのが目的か……）

言うならば、遠回しの牽制だ。

リオの周辺情報についてはフランソワの指示で伏せられていることが多い。そのことは公知の事実であり、国王の指示である以上はクレマンのような大貴族であってもそう簡単

に異論を唱えることはできなかった。

だが、もっともらしい理由さえあれば話は別だ。

例えば、明らかにリオの屋敷を狙った襲撃が発生したこの状況で、城内や人員にも一定の被害が発生したことを前面に押し出されるようなことがあれば、フランソワとしても情報開示の要望を断りづらい。

「無論、襲撃の詳細については必要な範囲で共有を行う。後日、改めてな」

必要な範囲でという留保はつけながらも、フランソワは頷いた。これでクレマンとしても後日、改めてこの件を話題にしやすくなったからか――、

「それを伺い安心しました。それでは、私めはこの辺りで……」

クレマンは深々と礼をすると、上機嫌な足取りで立ち去っていく。

(傭兵達の狙いが何だったのか、その目的と事の次第によってはなんとも面倒なことになりそうだな。まったく……)

フランソワは疲れを吐き出すように大きく溜息をつき、これから生じるかもしれない波乱を見据えるように、リオの屋敷を視界に収めたのだった。

ゴウキ達が英雄殺しを退けた翌日のことだ。

場所は神聖エリカ民主共和国。その首都エリカブルクの議会にて。

満場一致により、一つの議決が下った。

「決まりですね」

初代元首を務めるエリカが、粛々と告げる。

「…………………」

議会室には国民を代表する議員達が集まっているが、議決が下ったというのに室内はしんと静まり返っていた。

誰もが固唾を呑んでいる。他ならぬエリカ自身の口から、議決の内容を宣言するのを待っているのだ。

それは、すなわち――、

「我が国は、ガルアーク王国への侵略を実行します」

戦争の開始宣言。

「おおおおおっ！」

瞬間、議会室が熱で埋め尽くされる。

部屋の中にいる誰もが、戦争を望み熱狂する。

少し前に誕生したばかりの田舎の小国が、シュトラール地方有数の歴史ある大国に挑もうとしている。

とても正気の沙汰とは思えぬ決断だ。

しかし、誰もが信じている。

自分達の勝利を信じている。

自分達を勝利へと導いてくれる聖女エリカのことを、信じている。

「エリカ様！」

「エリカ様！」

「エリカ様！」

「エリカ様！」

「エリカ様！」

「エリカ様！」

「エリカ様！」

議員達は一心不乱にその名を叫ぶ。

そんな彼らを見て——、

「ふふ」

エリカは優しく嗤う。

唇が歪む。

口角が、つり上がる。

それはあたかも聖女のように。

それはあたかも魔女のように。

エリカの瞳がどんな将来を見据えているのかなど、知る者はこの部屋に誰一人としていない。

だが、彼らは聖女を信じている。

聖女が彼らを勝利に導いてくれると、信じている。

そんな彼らの行く末にどんな未来が待ち受けているのか。

彼らがそれを知る日は、彼らが思うよりもずっとすぐ近くまで迫っていた。

【エピローグ】

場所はガルアーク王国城。

天上の獅子団による襲撃があった日から、三日後の昼。ガルアーク国王フランソワが、襲撃後初めてリオの屋敷を訪れていた。

屋敷の住人達から話を聞きたかったというのもあるが、必要な情報収集については襲撃後すぐにシャルロットが行っていて、フランソワも先立って報告を受けている。訪問を行った最大の理由は賊の撃退に大きく貢献してくれた一同に礼を伝えるのも兼ねて、ゴウキ達とも顔合わせをしておきたかったからだ。

訪問するのに襲撃から日時を開けたのは、ゴウキ達を王城へ呼び出すのではなく、フランソワが屋敷へ直々に足を運んでいる理由も絡む。

英雄殺しを返り討ちにしたゴウキ達の戦いは王都中の人間が目撃していたので、王城でも大きく注目を集めている。そんな彼らを襲撃直後に王城へ呼び出せば貴族達が横やりを入れてきそうなのは目に見えていた。

が、シャルロットから受けている報告に基づくと、いたずらに開示しない方が良さそうな情報も色々とあった。下手に開示することで沙月やリオの反感を買うような事態に発展してしまうのはフランソワとしても面白くはない。情報開示の際にはフランソワの意向としてリオの承諾も得ておきたい事柄もある。時間を置けばリオが帰還してくるまでの時間を稼げるだろうという思惑もあり、フランソワから日を空けて訪問することにしたわけである。

ちなみに、サラやゴウキ達からガルアーク王国側に開示した情報については、現状で彼女達が抱えている秘密を含めすべてを教えたわけではない。

例えば、襲撃時に出現したヘル、イフリータ、エアリアルが精霊であることや精霊術の存在については教えてあるが、サラ達が人間族の言うところの亜人であることは隠したままだ。ゴウキ達についてもリオの両親と縁のある人物であることは教えていても、リオの出生が深く絡む内容についてはリオ本人の了承を得た上で説明するかどうか決めさせてほしいと伝えてある。

と、まあ、それはともかく、必要な挨拶や礼を済ませたところで――、

「ともあれ、ガルアークの国王として貴公らを歓迎しよう」

フランソワがゴウキやカヨコに語りかける。

「招かれぬ状態で城内に立ち入ってしまった我らに対する格別のご寛恕、恐悦至極に存じます」

異国の王に敬意を示すべく、ゴウキは慇懃な物腰でこうべを垂れた。

なお、現在地は屋敷の食堂である。比較的軽微ではあるが、傭兵達の攻撃によってリオの屋敷にも被害は出た。応接室はまだ窓が割れたままになっているので、代わりに食堂を会談の場として利用しているのだ。この後は昼食も摂ることになっている。

室内にはフランソワ、ゴウキ、カヨコの他に、シャルロット、沙月、美春、セリア、サラ、オーフィアがいる。アルマは既に傷が完治しているが、大事を取って休んでいて、ラティーファはアルマの看病も兼ねて話相手を務めている。

「ん、そういえば上空から舞い降りて城へ入ってきたのだったな。ふっ、よい、気にしておらぬ」

フランソワは愉快そうに笑みをこぼす。それから――、

「詳細についてはハルトが戻り次第また改めてとなるが、意向の確認はしておきたい。貴公らのことはハルトの私兵、というよりは家臣と考えてよいのだろうか？　ハルトとの関係性はそちらにいるサラ嬢達とはまた違ったように見えてな。希望するのであれば賊討伐の礼も兼ねて相応の身分を用意することもできるが……」

と、ゴウキに問いかけた。

「そこはまたなんとも難しいところでして、さしあたっては家臣ではなく協力者とでもお考えいただければと。ハルト様は某のことを下と見ることを良しとはされないので」

ゴウキはやや困ったように頬をほころばせて答える。

「なるほどな……。またなんとも奴の難儀なところが窺える。が、あいわかった。やはりこの話はハルトがいる時にした方が良さそうだ」

「空を飛べばすぐに戻ってこられるようですし、もしかしたら本日辺り、ひょっこり戻ってこられるかもしれませんわ」

再び上機嫌な笑みを覗かせるフランソワに、シャルロットが言う。

「話に聞いた精霊術か。精霊の存在といいなんとも眉唾だが、おかげで聖女の追跡もできているのだったな」

というフランソワの口ぶりは、アイシアが人型精霊であることを知っているがゆえのものである。これはサラ達が伝えたというより、知られてしまったといった方が正しい。サラ達が精霊の存在を明らかにしたことで、もしかしたらリオも精霊と契約しているのではないかとシャルロットが推察し、アイシアが霊体化することで聖女を追跡しているのではないかと言い当てたのだ。

と、そこで――、

「あの……、そのハルトさんが戻ってきたかもしれません」

サラがそっと手を挙げて言った。

「まあ、では私が正門までお迎えに参りますわ」

実に嬉しそうに、すかさず立ち上がるシャルロット。

「いや、帰ってきたのを知っている前提で待ち受けていたら驚くでしょ」

ハルトくんはシャルちゃんが精霊の存在を知ったことをまだ知らないわけだし――と、沙月が語る。

「だから面白いのではないですか」

ワクワク顔で返すシャルロット。そんな彼女につられたのか――、

「……まあ、そうかも。そうね、じゃあ私も行こうかな」

沙月もニヤリと口許を緩め、一部の者でリオを出迎えることが決まったのだった。

そうして、場所は城の正門前へと移る。リオを出迎えに出て行ったメンバーはシャルロ

ットと、沙月、そして美春とセリアだった。

貴族街から正門に向かって、リーゼロッテを連れて歩いてくるリオ達を見つめながら――、

「本当に連れて帰ってきちゃうんだから、すごいわよね……」

沙月がぽつりと呟く。その声色からは呆れというよりは、頼もしさや憧れのようなものが色濃く窺えた。自分なんかよりもよほど勇者のようなことをしている、と。

「ハルト様ですからね」

当然です――と、シャルロットがしたり顔で頷く。

「その言葉で納得できちゃうのがすごい」

「ですね」

沙月と美春が苦笑する。

「案の定、驚いているみたいですね。行きませんか？」

遠くで目を丸くするリオを眺め、セリアがふふっとえくぼを作った。

「そうですね。行きましょう。おーい、ハルトくん！」

沙月は大きく手を振りながら、小走りで駆け出す。シャルロットもそれについていく。

やがて会話が可能な距離まで近づき――、

「お帰り、ハルトくん！　リーゼロッテちゃんに、アイシアちゃん、アリアさんも！」

沙月が満面の笑みでリオに語りかける。

「……はい、ただいま戻りました」

リオはやはり困惑（こんわく）しているらしい。

すると、困惑しているリオを見るのが楽しいのか——、

「ふふっ、ハルト様がいらっしゃらない間に色々とあったのです。無事で何よりだわ、リーゼロッテ。お帰りなさい」

シャルロットがリオに歩み寄ってその腕を絡め取った。そのままぐいっと引っ張ってから、リーゼロッテにも声をかけた。

「……ありがとうございます、シャルロット様」

リーゼロッテもリオ同様、戸惑（とまど）い顔で応じる。

「入場手続はこちらで済ませましたから、詳しい話は中でお聞かせくださいな。ゴウキさん達も屋敷でお待ちですから」

シャルロットは茶目（ちゃめ）っ気（け）たっぷりに言って、リオの顔を覗き込む。

「…………」

リオは思わず言葉を失ってしまった。自分が留守にしている間にいったい何があったの

だろうかと、表情に出ている。

「こらこらシャルちゃん。こっちの二人がまだ挨拶を済ませていないんだから」

リオを独占しかねないシャルロットを注意する沙月。そして――、

「私からも話したいことはたくさんあるんだけどさ。ハルトくんが留守の間に、セリアさんも美春ちゃんもすっごく頑張ったのよ？　だから二人の話をたくさん聞いてあげてね。ほら、二人とも」

遠慮している美春とセリアの背中を押して、リオへと近づけた。

「えっと……」

美春とセリアはちょっと照れ臭そうに顔を見合わせたが――、

「お帰りなさい」

優しくはにかみ、リオ達の帰還を祝福した。

あとがき

皆様、いつも誠にお世話になっております。北山結莉（きたやまゆうり）です。『精霊幻想記　19．風の太刀』をお手にとってくださり、誠にありがとうございます。

というわけで19巻、発売です！

本編を読み終わった後にこのあとがきをご覧になっている方も多いとは思いますが、あとがきから読み始める方もいらっしゃると伺ったことがあるので、ネタバレ成分は控え目で参ります。

で、早速ですが、リオは一人で戦おうとしすぎるきらいがあります。これはリオが強すぎるというのもありますが、人を巻き込みたくない思いが強すぎるからという彼のパーソナリティによるところが大きいですね。

そこら辺りのことは当然、日頃からリオと一緒にいる者達は理解しているわけで、そのことをどう受け止めているのか、どうありたいと思っているのか、どのように成長を果たしてきたのか、この19巻の中で表現できていたら嬉しいです！

続く20巻では19巻の展開を踏まえ、リオやアイシアの活躍もたっぷり描くことになると思います。

10巻がそうだったように、20巻も物語上の大きな節目を迎える……と思いますので、発売を楽しみにお待ちいただけると嬉しいです！

例によって巻末に20巻の発売予告がございますので、どうぞご覧ください。20巻のサブタイは『彼女の聖戦』です。

そして、TVアニメの続報もぼちぼち出始めると思います。最新情報はTVアニメの公式サイトはもちろん、『精霊幻想記』のTwitter公式アカウントや、私のTwitterアカウントでも随時告知していきますので、ぜひぜひフォローしてくださると嬉しいです！

まだお伝えできないことは多いですが、『精霊幻想記』のTVアニメ、素晴らしいものになると思います。

原作者として微力ながら製作に協力させていただいておりますが、プロフェッショナルの皆様の凄さをひしひしと感じる日々です。

というわけで小説20巻はもちろん、TVアニメもどうぞご期待ください！　放送が開始されたら一緒に楽しみましょう！

最後となりましたが、読者の皆様と関係者の皆様に、最大級の感謝を！　それでは、20巻でもまた皆様とお会いできますように！

二〇二一年三月上旬　北山結莉

私の居場所は、この世界にはない。

だから、願った。
だから、行動を起こした。

空っぽの私に残された
たった一つの願い。
それを果たすために——

これは、私の聖戦よ。

精霊幻想記　20.彼女の聖戦
2021年夏、発売予定

HJ文庫 http://www.hobbyjapan.co.jp/hjbunko/
929

精霊幻想記

19. 風の太刀

2021年4月1日　初版発行

著者──北山結莉

発行者─松下大介
発行所─株式会社ホビージャパン

〒151-0053
東京都渋谷区代々木2-15-8
電話　03(5304)7604（編集）
　　　03(5304)9112（営業）

印刷所──大日本印刷株式会社

装丁──coil／株式会社エストール

Printed in Japan

ISBN978-4-7986-2478-5　C0193

ファンレター、作品のご感想お待ちしております

〒151−0053　東京都渋谷区代々木2−15−8
(株)ホビージャパン HJ文庫編集部 気付
北山結莉 先生／Riv 先生

異界心理士の正気度と意見1

―いかにして邪神を遠ざけ敬うべきか―

著者／水城正太郎
イラスト／黒井ススム

江ノ島にクトゥルフ上陸！

2013年、江ノ島に邪神が上陸した。鎌倉周辺は狂気に沈み、“異界”と呼ばれる特異地域と化している。誰もが狂気に陥るなか、専門の心理士だけが正気を保とうとする人々の救いだった。無免許にして最高の心理士、島野偃月は望んで異界に住み込み、怪異と対峙し続ける。本格クトゥルフ怪異譚の連作短編。